I Fell In Love

And His Name Is

New York

Kapitel -1-

Charly

Ich ließ den Blick durch den kleinen Raum gleiten, der für die nächsten Monate mein neues Zuhause sein würde. Zwölf Quadratmeter. Kompakt, aber sauber. Mein Reich.

Bis auf ein Bett, ein Bücherregal vom Vormieter und einen Kleiderschrank wies es nicht viel vor, aber das würde noch werden. Wir waren gestern erst in New York angekommen. Das meiste meiner Sachen war in braunen Kartons verstaut, die überall im Zimmer verteilt standen. Ich stieg über einen davon und ging zum Fenster, um es zu öffnen und frische Luft reinzulassen. Sofort schlug mir der Straßenlärm entgegen. Hupen, das Piepen von Lkws, die Waren verluden, und das Stimmengewirr der Menschen, die unter meinem Fenster vorbeiliefen. Park Slope war nicht unbedingt für seine Ruhe bekannt, aber es störte mich nicht. In Chicago, wo ich aufgewachsen war, stand unser Haus direkt an einer Schnellstraße. Autos rasten den ganzen Tag vorbei. Nachts konnte man das Fenster kaum öffnen. Wenn doch, war es, als würde man direkt auf der Straße zwischen den vorbeibretternden Fahrzeugen schlafen.

Nein, der Lärm in New York störte mich nicht. Ich war es gewohnt. Außerdem war ich dankbar. Denn diese Stadt, diese zwölf Quadratmeter und Park Slope bedeuteten einen Neuanfang.

»Charly, komm her, wir wollen anstoßen«, rief Jane aus dem Nebenzimmer, denn ich war nicht allein in die Stadt der Träume gezogen. Ich, Cosima und Jane, meine besten Freundinnen seit Kindertagen, waren diesen Schritt gemeinsam gegangen. Hatten alles hinter uns gelassen, um einen Neuanfang zu wagen.

»Komme gleich«, antwortete ich, kippte das Fenster und zog mir meinen braunen Cardigan über. Der Sommer neigte sich langsam dem Ende. Tagsüber war es noch warm, aber nachts und am frühen Morgen zogen die ersten kalten Winde auf, die den Herbst ankündigten.

Bevor ich ins Wohnzimmer ging, betrachtete ich mich in dem fleckigen Spiegel, des Kleiderschrankes. Mein langes blondes Haar hatte ich zu einem Dutt gebunden, auf meiner Nase saß eine dunkel umrahmte Brille und meine Businesskleidung war schick, aber nicht eng anliegend. Zusammen mit dem Cardigan sah ich unscheinbar aus. Genau wie ich es wollte.

Mit einem Lächeln auf den Lippen betrat ich das Wohnzimmer, wo ich meine Freundinnen mit Tassen und einer Sektflasche in der Hand vorfand.

»Wir konnten die Sektgläser nicht finden«, erklärte Cosima und schloss mit einer Handbewegung sämtliche Kartons ein, die hinter ihr aufgetürmt waren. Ihr schwarzes Haar war ungekämmt und sie steckte noch in ihrem Schlafanzug. »Aber Hauptsache, wir können auf unseren neuen Lebensabschnitt anstoßen.«

Ich seufzte. Auf uns wartete noch viel Arbeit.

Cosima drückte jedem von uns eine Tasse in die Hand, befüllte sie mit Sekt und hob uns dann ihr eigenes Getränk entgegen. »Auf New York«, sagte sie feierlich.

»Auf New York«, riefen Jane und ich im Chor und wir stießen euphorisch an. Hoffentlich behielten meine Freundinnen recht, und es wurde der neue Lebensabschnitt, nach dem ich mich so sehr sehnte.

»Packen wir heute Abend weiter aus und schauen nebenbei Filme?«, fragte Jane, die ihren Sekt bereits geleert hatte und sich über eine der Kisten beugte. Ihre strohblonden Locken wippten ihr dabei um den Kopf. Sie trug einen Hosenanzug, der einen strengen Kontrast zu ihrem mädchenhaften Aussehen bildete. Aus der Kiste zog sie einige ungleiche Teller hervor und verstaute sie in einem der Schränke, der zu unserer winzigen Küchenzeile gehörte.

Insgesamt war unsere neue Bleibe recht überschaubar. Neben meinem Zimmer gab es noch ein weiteres, in dem Jane wohnte. Cosima, die beim Stäbchenziehen das kürzeste erwischt hatte, schlief im Wohnzimmer, das gleichzeitig auch die Küche war. Aber anders konnten wir uns den Aufenthalt hier nicht leisten.

Jane fing ihren ersten Job an und hatte einen hohen Studienkredit, den sie abbezahlen musste. Sie hatte interkulturelle Kommunikation studiert und wurde nach ihrem Abschluss von einem internationalen Unternehmen angeheuert, um seine Mitarbeiter im respektvollen Umgang mit Kunden aus dem Ausland zu unterweisen.

Cos, die in den letzten Jahren um die Welt gereist war, würde bald ihr Studium in Agrarwissenschaften beginnen und für mich startete heute mein unbezahltes Jahrespraktikum. Da ich lediglich einen Abschluss von einer kommunalen Uni vorweisen konnte, war das meine einzige Möglichkeit, einen gut bezahlten Job zu bekommen. Und den brauchte ich dringend.

»Ich bin heute Abend nicht da«, kam ich auf Janes Frage zurück.

Sie sah mich überrascht an. »Sag nicht, dass du so lange arbeiten musst«, wollte sie empört wissen.

»Nein, nein.« Schnell winkte ich ab. »Ich wurde per Mail informiert, dass ein Kennenlernabend für die neuen Kollegen gegeben wird. Ich bin wohl nicht die einzige Praktikantin«, ließ ich mir das Erstbeste einfallen und mein Magen zog sich schmerzhaft zusammen, als Jane mir die Lüge sofort abnahm.

»Ah, das ist eine tolle Idee. So findest du gleich Anschluss«, freute sie sich und räumte weiter den Karton aus. Sie war eine Powerfrau durch und durch. Manchmal wünschte ich mir ihren Elan.

»Ja, das dachte ich auch«, stimmte ich ihr zu und zwang mich, begeistert zu klingen.

Ich hasste es. Dass ich meinen Freundinnen nicht die Wahrheit sagen konnte. Dass ich sie belügen musste. Dass mein Neuanfang kein richtiger Neuanfang war, weil manche Dinge aus meiner Vergangenheit an mir klebten wie Kaugummi an einer Schuhsohle.

Vor dem Firmengebäude von *Parker&Scott*, das sich im Financial District befand, blieb ich stehen und holte tief Luft. Bereit fühlte ich mich nicht, aber ein Blick auf mein Handy verriet mir, dass es fünf vor neun war. Mir blieb keine Zeit mehr. Bereit oder nicht, es ging los.

In meinen Tagträumen betrat ich meinen zukünftigen Arbeitsplatz mit gestrafften Schultern und erhobenem Haupt. In der Realität hatte ich die Hände in den Ärmeln meines Cardigans versteckt und die Arme vor dem Bauch verschränkt. Unsicher durchquerte ich die Eingangshalle und ging zum Empfangstresen, hinter dem ein junger Mann in schwarzem Anzug stand. Er musste etwa in meinem Alter sein.

»Guten Morgen«, machte ich auf mich aufmerksam und lächelte ihn unsicher an. »Ich bin Charlotte, man hat mir geschrieben, dass ich mich am Empfang anmelden soll. Ich fange heute ein Jahrespraktikum an«, erklärte ich und das Gesicht des Mannes erhellte sich.

»Ah, Sie sind Charlotte Summer, richtig? Die Personalabteilung hat mir geschrieben, dass Sie heute Ihren ersten Tag haben. Herzlich willkommen bei *Parker&Scott*. Mein Name ist Ben. Ich arbeite am Empfang und kümmere mich um die Post.«

Ein Teil meiner Anspannung fiel von mir ab. Ben war sehr freundlich. Hoffentlich ließ sich das über alle meine neuen Kollegen sagen.

»Freut mich sehr, Ben«, erwiderte ich. »Gibt es noch andere Praktikanten außer mir?«, fragte ich in der

Hoffnung, dass ich Jane nicht kompletten Mist erzählt hatte.

Zu meiner Erleichterung nickte Ben. »Insgesamt seid ihr zu dritt. Die beiden da vorne«, er deutete hinter mich und ich drehte mich um. Auf einer Sitzbank saßen ein blonder Mann und eine rothaarige Frau, beide in perfekter Businesskleidung, kerzengerade und ohne sich zu unterhalten, »sind vor zehn Minuten angekommen. Sie können sich zu ihnen setzen. Mr. Parkers Assistentin wird bald kommen und Sie rumführen.«

Ich ließ mir mein Unbehagen nicht anmerken und verabschiedete mich von Ben. Mein Bedürfnis, mich zu den beiden zu gesellen, ging gegen null. Als ich vor ihnen stehen blieb, machte ich durch ein Räuspern auf mich aufmerksam.

»Hi«, grüßte ich schüchtern und streckte zuerst der Frau meine Hand entgegen. »Ich bin Charly.«

Sie erwiderte meinen Händedruck kurz und fest, zusammen mit einem strengen Nicken. »Olivia Beaufort«, stellte sie sich knapp vor.

»Nicolas McDoval«, sagte der Mann und erhob sich, um mich zu begrüßen. Danach verfielen beide in Schweigen.

Ich setzte mich auf den freien Platz rechts von ihnen. Aus dem Augenwinkel musterte ich sie. Sie mussten in meinem Alter sein, Anfang zwanzig, da *Parker&Scott* für seine Praktika nur Uniabsolventen aufnahm. Doch ihr strenges Auftreten ließ sie älter wirken. Innerlich seufzte ich. Hoffentlich musste ich nicht zu viel Zeit mit ihnen verbringen. Ohne sie zu fragen, war ich mir sicher, dass beide einen Abschluss von einer Elite-Uni in der Tasche hatten. Und Daddy ihnen das Praktikum in einer der renommiertesten Unternehmensberatungen finanzierte, damit ihr Lebenslauf noch mehr glänzte. Ich hingegen konnte nur einen Abschluss von der *Chicago State University* vorweisen und … »Herzlich willkommen bei *Parker&Scott*«, unterbrach eine hohe Stimme meine Gedanken und ich blickte auf. Eiligen Schrittes kam eine Frau mittleren Alters auf uns zu. Sie trug ein dunkelrotes Kostüm und ihr kurzes schwarzes Haar wippte ihr fröhlich um die Ohren. »Ich bin Mrs. Johnson, Mr. Parkers Assistentin, und werde Sie durch die Firma führen.«

In den nächsten dreißig Minuten folgten wir Mrs. Johnson, die trotz hoher Schuhe ein halsbrecherisches Tempo draufhatte. Wir fingen bei den Pausenräumen an, gingen zur Küche, der Kantine und den sanitären Einrichtungen sowie den Archiven, wo alle älteren Akten gelagert wurden.

Mrs. Johnson erklärte uns die alltäglichen Abläufe, wann die Pausenzeiten waren und dass freitags früher Feierabend gemacht wurde. Einmal pro Woche bestellten die Chefs bei einem Caterer und richteten für ihre Mitarbeiter ein Mittagessen aus, Kaffee und Süßigkeiten gab es zuhauf, ebenso wie Obst und zwei wechselnde Suppen pro Tag. Wer etwas anderes essen wollte, konnte die Küche nutzen oder sich etwas in der Kantine kaufen. Außerdem bekam jeder von uns ein Ticket für die öffentlichen Verkehrsmittel gestellt. Ein Umstand, der Olivia und Nicolas wenig interessierte, für mich aber eine enorme Erleichterung bedeutete. Ein Monatsticket von Brooklyn nach Manhattan hätte einen großen Teil meines Budgets verschlungen.

»Haben Sie bis hierhin irgendwelche Fragen? Nein? Dann zeige ich Ihnen nun Ihre zukünftigen Arbeitsräumlichkeiten.«

Schweigend folgten wir ihr zum Aufzug und fuhren eine Etage höher. Im vierten Stockwerk befanden sich die Büroräume. Als sich der Aufzug vor uns öffnete, begrüßte uns ein modernes, helles Ambiente. Große Fenster, viel Licht und der Duft von frischem Kaffee.

»Das wird Ihr zukünftiges Büro«, informierte Mrs. Johnson uns, kaum dass wir ein paar Schritte aus dem Aufzug gegangen waren. Ich folgte ihrem ausgestreckten Arm und inspizierte das große Zimmer, in dem drei Schreibtische untergebracht worden waren. Es war genug Platz, damit wir uns nicht auf die Füße traten. In einer Ecke stand ein großer Drucker und die Computer sahen neu aus. Hohe Pflanzen zwischen den Tischen sorgten für Privatsphäre. Trotzdem hätte ich lieber ein eigenes Büro gehabt, statt mir ein Jahr lang eines mit Olivia und Nicolas zu teilen.

»Sieh an, sieh an. Wenn das nicht unsere neuen Praktikanten sind«, flötete eine Stimme hinter uns. Ich drehte mich um und bemerkte die zwei Männer, die den Flur entlangkamen. Beide waren groß gewachsen. Der, der gesprochen hatte, grinste uns breit an. Mit seinem blonden Haar und der leicht gebräunten Haut wirkte er sorglos.

Die sonst so ruhige Olivia stürmte an mir vorbei und schüttelte ihm euphorisch die Hand. »Mr. Parker, es ist mir eine große Ehre, für Sie zu arbeiten. Mein Professor in Harvard hat mir Unglaubliches von Ihnen berichtet. Wir haben dasselbe Hauptfach belegt.«

Ich runzelte die Stirn über ihre offensichtliche Verehrung. Mr. Parker schien sich allerdings wenig daran zu stören. Ich für meinen Teil widmete mich lieber dem zweiten Mann, der sich mehr im

Hintergrund hielt. Er hatte schwarzes Haar und in seinen markanten Zügen lag eine Härte, die mir augenblicklich das Gefühl von Autorität vermittelte. Als seine dunklen Augen auf meine trafen, stockte mir der Atem. Ich spürte, dass ich seinem Blick nicht lange würde standhalten können. Unwillkürlich verkrampfte ich meine Finger um den Ärmelsaum meines Cardigans. Mit zielsicheren Schritten kam er auf mich zu und streckte mir seine Hand entgegen.

»Adam Scott«, stellte er sich mit tiefer Stimme vor. Seine Haut fühlte sich warm an meiner an, als ich seine Hand ergriff. Ich ließ den Blick über seine Statur gleiten, groß und breit gebaut. Athletisch und kraftvoll.

»Haben Sie keinen Namen?«

»Hm?«, machte ich verwirrt und starrte ihn mit aufgerissenen Augen an. O Gott, ich hielt weiterhin seine Hand und hatte ihn unverhohlen gemustert. Sofort ließ ich sie los und senkte den Kopf. »Charlotte Summer«, murmelte ich verlegen. Ich spürte seinen bohrenden Blick, zum Glück kam Nicolas mir zu Hilfe, drängte sich in den Vordergrund und stellte sich vor.

Danach erklärte Mrs. Johnson uns, dass es sich bei den beiden Männern um die Firmengründer, Finn Parker und Adam Scott, handelte. Was ich mir auch selbst hätte denken können. Adam Scott signalisierte mit jedem Schritt, jedem Wort, jeder Geste, dass das sein Reich war. Während Mrs. Johnson uns unsere zukünftigen Aufgaben erklärte, konnte ich den Blick nicht von ihm lassen. Immer wieder fuhr ich mit den Augen die Linien seiner starken Kinnpartie nach. Erst als er sich zu mir drehte und mich mit einem glühenden Ausdruck musterte, begriff ich, was ich getan hatte. Ich schüttelte den Kopf über mein Verhalten und riss mich zusammen.

»Mr. McDoval, Sie werden in den nächsten Monaten für Mr. Scott arbeiten. Ms. Beaufort, Ms. Summer, Ihr direkter Vorgesetzter wird Mr. Parker sein.«

Finn Parker schenkte uns ein strahlendes Lächeln. »Ich freue mich auf eine aufregende und lehrreiche gemeinsame Zeit. Für den Anfang, würde ich sagen, lernen wir uns in der Küche bei einer Tasse Kaffee besser kennen.«

Adam Scott nickte Nicolas lediglich zu und wies ihn an, mitzukommen und sich einige Akten abzuholen. Offensichtlich war Finn der Lockerere von beiden und wollte einen kameradschaftlichen Umgang mit uns pflegen. Was nett war, aber nicht das, was ich mir unter dem CEO einer renommierten Unternehmensberatung vorstellte.

Adam war anders. Sein Auftreten war souverän. Er wirkte, als könnte er die Firma auch in schwierigen Zeiten lenken. Wie ein Fels in der Brandung. Bei so einem Boss fühlte man sich gut aufgehoben.

Obwohl ich die beiden nicht kannte, konnte ich den Gedanken nicht abschütteln, dass ich Finn ohne zu zögern stehen gelassen hätte, um für einen Mann wie Adam zu arbeiten.

Als ich um sieben Feierabend machte, fühlte ich mich ausgelaugt. Nicht, weil ich viel gearbeitet hatte, sondern weil ich Olivia stundenlang dabei beobachten musste, wie sie Finn Parker anschmachtete und sich bei jeder sich bietenden Gelegenheit in ein gutes Licht rückte. Zum Schluss hatte ich meine Sachen geschnappt und war schnellstmöglich aus dem Firmengebäude gestürmt.

Mit hängenden Schultern lief ich durch den Theater District und dachte an den letzten Punkt auf meiner To-do-Liste, den ich heute erledigen musste. Danach könnte ich erschöpft ins Bett fallen.

Irgendwo hier musste es doch sein …

An den Eingängen zu Bars und Theatern standen Artisten und Schauspieler, die um Publikum für die nächste Show warben. Werbeplakate verkündeten zahlreiche Stücke, die aufgeführt wurden. Die pulsierenden Lichter der digitalen Werbetafeln erhellten die sich langsam verdunkelnden Straßen.

Nachdenklich holte ich mein Smartphone aus der Handtasche und warf einen Blick auf die Adresse. 42nd Street. Ich war richtig. Verwirrt hielt ich Ausschau nach einem Schild mit der Aufschrift *Wild Lady,* fand jedoch nur diverse Fast-Food-Ketten.

Na schön, ein wenig Zeit blieb mir noch. Ich würde mir etwas zu essen holen und einen der Mitarbeiter fragen, ob er wusste, wo ich langmusste. Ich entschied mich für *Joe's Pizza,* bestellte ein Stück mit Pilzen und extra Käse und erkundigte mich bei dem Mann hinter der Kasse nach dem Weg.

»Ist das nicht dieser Stripperladen?«, überlegte der Kerl laut und zog eine buschige Augenbraue hoch. Sein Blick glitt über mich, und ich war froh, dass ich meinen ausladenden Cardigan trug.

»Poledance«, korrigierte ich ihn. Für die meisten Leute blieb es dasselbe, für mich machte es einen bedeutenden Unterschied.

»Der ist direkt gegenüber auf der anderen Straßenseite. Der Eingang ist in einer Seitenstraße.«

Ich bedankte mich, bezahlte mein Essen und ignorierte seine anzüglichen Blicke. So reagierten Menschen für gewöhnlich, wenn sie erfuhren, wie ich mein Geld verdiente. Deswegen hatte ich aufgehört, es jemandem zu erzählen. Weder meine Mom noch meine Freundinnen wussten davon. Was ich nachts tat, gehörte zu einem anderen Leben. Ein Leben, mit dem ich mir mein Studium finanziert hatte und meiner Mom unter die Arme griff. Das war auch der Grund, warum ich nach meinem Praktikum unbedingt einen gut bezahlten Job finden musste. Ich selbst kam mit wenig Geld klar, aber mein Verdienst sollte auch für meine Mom reichen. Und ich konnte nicht ewig in Bars tanzen.

An meiner Pizza kauend, ging ich über die Straße und hielt Ausschau nach der erwähnten Seitengasse. Nachdem ich wusste, wonach ich suchen musste, fand ich den Eingang schnell. Ein dunkelroter Teppich war ausgelegt worden. Vor der Tür stand ein Securitymitarbeiter, breit gebaut, mit muskulösem Bizeps und einer Tätowierung, die sich über seinen linken Arm zog. Unsicher ging ich auf ihn zu. Er beobachtete mein Näherkommen mit einem misstrauischen Blick.

»Hi, ich bin Charly. Ich soll mich heute vorstellen«, erklärte ich trotz seiner Musterung mit kräftiger Stimme. Vermutlich sah ich nicht wie die Tänzerinnen aus, die normalerweise vorbeikamen. Mit einem Kopfnicken bedeutete er mir, reinzugehen.

»Sag drinnen Bescheid«, knurrte er und ließ mich durch.

Das Innere des Clubs war geschmackvoll eingerichtet. Nicht wie diese billigen Schuppen in Filmen, in denen vom Schicksal gebeutelte Frauen ihr Geld mit einem Lapdance verdienten. Hierher kamen offensichtlich gut betuchte Gäste. Kein Wunder, schließlich befanden wir uns in Manhattan. Die Sitzmöbel waren aus dunklem Leder. Die Bar erstreckte sich über eine gesamte Seite des Raums und wies jede Alkoholsorte auf, die ich kannte. Es gab keine halb nackten Kellnerinnen, die zwischen den Tischen durchrannten und billiges Bier servierten. Nur elegante Bedienungen in engen, roten Kleidern, die alles Nötige verdeckten und Gläser gefüllt mit Whisky, Wein und Champagner zu den Tischen trugen. Bei dem Anblick des Etablissements atmete ich erleichtert aus. Ich hatte an schlimmeren Orten getanzt. Das hier war … gut.

»Bist du Charly?«, drang eine Stimme von rechts an mein Ohr. Ich drehte mich um und entdeckte eine dunkelhäutige Schönheit. Ihre schwarzen Locken tanzten ihr wild um den Kopf. Sie trug einen burgunderroten Spitzenbody, über den sie einen dünnen Seidenmantel geworfen hatte. Ich nickte und ging einen Schritt auf sie zu.

»Ich bin Cash«, stellte sie sich vor, und ich vermutete, dass es sich bei Cash um Cashandra handelte. Die Person, mit der ich vor meiner Ankunft in New York geschrieben hatte, als ich die Stellenanzeige fand. Die Hände in die Hüften gestemmt, musterte sie mich skeptisch.

»Also wenn du unter dem Großmutterjäckchen nicht zufällig einen heißen Körper versteckst, finden wir nicht zusammen.«

Ich schluckte und überging ihren Kommentar. »Ich tanze, seitdem ich sechzehn bin«, antwortete ich hektisch. »Und ich bin verdammt gut.«

»Die Männer, die herkommen, lassen eine Menge Geld liegen. Dafür wollen sie eine ordentliche Show«, äußerte Cash ihre Zweifel.

»Kein Problem. Ich habe gute Choreos drauf«, versicherte ich ihr schnell. Dann dachte ich daran, wie dringend ich diesen Job brauchte. Mein gesamter Neustart in New York hing davon ab. Ohne Einnahmequelle konnte ich mein unbezahltes Praktikum gleich morgen an den Nagel hängen. Renommierte Kanzlei hin oder her. »Bitte, ich brauche den Job dringend«, fügte ich daher hinzu.

Cash wirkte nicht überzeugt, aber sie seufzte geschlagen und bedeutete mir, mitzukommen. »Hinten ist unser Bereich. Garderobe, Trainingsraum,

Küche. Du kannst dich umziehen und warm machen. Dehn dich ordentlich, ich will auf der Bühne keine Verletzungen. Unsere Gäste wollen sehen, wie du dir die Beine problemlos hinter die Ohren klemmst, keinen Muskelfaserriss«, erklärte sie ohne Pause, während ich hinter ihr her hetzte und in die Räume spähte, die von dem Flur abzweigten, durch den wir gingen. In dem, was augenscheinlich die Garderobe war, blieb Cash stehen und drehte sich zu mir um.

»Also habe ich den Job?«, fragte ich hoffnungsvoll, woraufhin sie den Kopf schüttelte.

»Du darfst vortanzen. So gegen dreiundzwanzig Uhr. Dann sind die meisten Gäste betrunken und kriegen es nicht mehr mit, wenn du es vermasselst.«

»Das werde ich nicht.«

Sie überging meinen Einwand. »Wenn du deine Sache gut machst, hast du den Job. Dann tanzt du an drei Abenden pro Woche je vier Choreos. Dimitri, mein Boss, zahlt hundertfünfzig pro Abend. Dreihundert, wenn du ein Publikumsmagnet wirst. Trinkgelder werden aufgeteilt. Das heißt, alles, was die Männer dir zustecken oder auf die Bühne werfen, wandert in die Kasse und wird gerecht zwischen den Kellnern, Barkeepern und Tänzerinnen verteilt.«

Ich nickte. Die Bezahlung war in Ordnung. Besser als in Chicago. Allerdings waren meine Kosten hier auch höher. Wenn ich es schaffte, auf dreihundert zu kommen, konnte ich mir das Leben in New York leisten und meiner Mutter unter die Arme greifen.

»Outfits für die Bühne werden gestellt.« Während Cash das sagte, öffnete sie eine Seitentür der Garderobe, die direkt in einen begehbaren Kleiderschrank voller Dessous führte. Glitzer, Steinchen und Pailletten funkelten mir entgegen. »Such dir eins aus und bereite dich vor. Im Trainingsraum ist eine Übungsstange. Ich muss jetzt arbeiten, aber wenn du dran bist, komme ich dich abholen.«

Mit den Worten ließ sie mich allein zurück. Ich atmete ein paarmal tief durch und kämpfte gegen die Angst an, die sich in meinem Inneren anbahnte. Alles würde gut werden. Ich hatte das schon tausendmal getan.

Langsam ging ich zu einem der Spiegel, ließ den Cardigan von meinen Schultern gleiten und öffnete die Knöpfe meiner Bluse. Als ich mit nichts als meiner Unterwäsche vor dem Spiegel stand, löste ich den Dutt und ließ mein Haar über den Rücken fallen. Einen Moment lang betrachtete ich mich.

Was ich Cash gesagt hatte, stimmte. Ich tanzte an der Stange, seitdem ich sechzehn war. Aber damit hatte es nicht begonnen. Bevor in meinem Leben alles den Bach runtergegangen war, hatte ich Ballettunterricht genommen. Und Talent bewiesen. Tag für Tag trainierte ich, besessen davon, gut zu werden. Mein Traum war es gewesen, an den Broadway zu gehen. Bei großen Shows mitzutanzen.

Jetzt war ich in New York, in einer Poledance-Bar mitten im Theater District. Näher würde ich dem Broadway nie kommen. Da ich nicht mehr nur die Verantwortung für mich trug, konnte ich es mir nicht leisten, jahrelang einem Traum hinterherzujagen, der sich vielleicht nie erfüllen würde. Er war durch ein neues Ziel ersetzt worden. Einen Job mit einer guten Bezahlung und Aufstiegsmöglichkeiten zu finden. Einen, der es mir ermöglichte, unsere Wohnung in Chicago durch ein Haus mit Garten in einer ruhigen Gegend zu ersetzen. Was nicht leicht war in einem Land, wo die Uni, von der du deinen Abschluss hast, mehr zählt als das, was du kannst.

Deswegen brauchte ich das Praktikum bei *Parker&Scott* so dringend, und um mir das zu finanzieren, musste ich in einer Bar tanzen. So war das eben.

Verbittert war ich dennoch nicht. Ich liebte es, zu tanzen. Egal wo. Denn sobald die Musik einsetzte, vergaß ich meine Umgebung. So würde es auch heute sein, da war ich mir sicher. Ich ging nach nebenan und suchte zwischen all den funkelnden Dessous nach einem Outfit für die Bühne, das zu mir passte. Entschlossen, dass ich für meinen Neuanfang mein Bestes geben würde.

Kapitel -2-

Adam

Ungeduldig schritt ich in Finns Büro auf und ab, die Hände hinter dem Rücken verschränkt. »Kannst du das Treffen nicht verschieben?«, fragte ich wütend. Es war kurz nach sieben und eigentlich hatte ich heute pünktlich Feierabend machen wollen, aber Finn hatte mir soeben mitgeteilt, dass ich sein Meeting mit potenziellen Kunden am Abend übernehmen musste, weil es eine Terminüberschneidung mit einem anderen Klienten gab, die ihm jetzt erst aufgefallen war.

»Das geht nicht«, antwortete er. »Davis wartet seit einer Woche auf den Bericht. Wenn ich ihn wieder vertröste, wird er sich garantiert eine andere Kanzlei suchen. Wir dürfen ihn nicht verlieren, ebenso wie wir uns die Kunden aus Texas nicht entgehen lassen dürfen. Du musst sie heute Abend alleine treffen.«

»Du meinst, ich muss mit ihnen in einen Stripclub gehen, den du gebucht hast?«, zischte ich.

Finn rollte mit den Augen. »Es ist kein Stripclub. Sondern eine Bar mit Tänzerinnen. Das *Wild Lady* ist sehr geschmackvoll, und ich bin mir sicher, dass es den Männern dort gefallen wird. Es gibt Alkohol und schöne Frauen. Ich meine, sie kommen aus Texas«, erklärte er, als sagte das bereits alles.

»Für gewöhnlich halte ich meine Geschäftstreffen in einer seriöseren Umgebung ab«, erwiderte ich tonlos und sah Finn ernst an.

»In unserer Lage müssen wir alle Geschütze auffahren«, argumentierte er und sprach damit einen weiteren Grund an, weswegen ich ihm gerne an die Kehle gegangen wäre. Durch eine Fehlinvestition hatte er unsere Kanzlei in erhebliche finanzielle Schwierigkeiten gebracht. Nicht auszudenken, wenn wir Insolvenz anmelden mussten, weil mein Partner sich verkalkuliert hatte.

Und das als Unternehmensberater. Wir wären die Lachnummer der ganzen Stadt. Hunderte würden ihre Jobs verlieren.

»Also schön«, gab ich nach. Eine andere Wahl hatte ich auch nicht. Wie es aussah, musste ich ein weiteres Mal die Scheiße ausbaden, die mein Partner angerichtet hatte. »Ich übernehme das Meeting. Aber sag deiner Assistentin, dass sie deine Termine ordentlich führen soll. Das darf nicht noch mal vorkommen.«

Finn atmete erleichtert aus und kam zu mir, um mir kameradschaftlich auf die Schulter zu klopfen. »Ich wusste, dass auf dich Verlass ist. Glaub mir, wenn wir den Kunden aus Texas kriegen, sind unsere Sorgen Schnee von gestern.«

Ich hoffte, dass er recht behielt.

Finn und ich kannten uns seit der Uni. Wir hatten in Harvard studiert, beide Wirtschaft im Hauptfach belegt und kurz vor unserem Abschluss beschlossen, dass wir eine gemeinsame Firma gründen wollten. Sieben Monate später öffnete *Parker&Scott* seine Tore für Kunden. In den letzten sechs Jahren hatten wir uns landesweit einen Namen gemacht.

»Wie wird der Abend ablaufen?«, fragte ich ruhig.

»Ich habe für halb neun einen Tisch im *Steakhouse* reserviert und um zweiundzwanzig Uhr im *Wild Lady*. Ein Fahrer holt die Herren bei ihrem Hotel in Midtown ab. Du triffst sie direkt vor dem Restaurant.«

Wir redeten noch eine Dreiviertelstunde, während derer Finn mich auf den Abend vorbereitete und mir alle wichtigen Details über die Kunden erklärte. Womit sie ihr Geld verdienten, welchen Service sie brauchten, welche Investitionen sie kürzlich zur Firmenerweiterung getätigt hatten, sogar über ihre Familien sprach er mit mir. Alles, damit ich ein möglichst flüssiges Gespräch mit ihnen führen konnte und sie glaubten, dass sie bei mir in besten Händen waren.

Als ich das Büro gegen zwanzig Uhr verließ und meinen Chauffeur bat, mich zum Restaurant zu fahren, war ich bestens vorbereitet und sicher, dass nichts diesen Abend ruinieren konnte.

Wie erwartet lief alles nach Plan. Ich traf die Männer aus Texas vor dem *Steakhouse*. Derek Wilson war mit seinem Bruder Bert angereist, der gleichzeitig sein Geschäftspartner war. Mit von der Partie waren außerdem zwei ihrer Abteilungsleiter, Ian und Jack. Alle zeigten sich begeistert von der Restaurantwahl. Saftiges argentinisches Rindersteak, dazu gutes Bier. Die Gespräche liefen rund, obwohl wir für meinen Geschmack zu selten über das Geschäftliche redeten. Dafür lockerte der Alkohol ihre Zungen, und ich erfuhr allerlei private Dinge, die besser privat geblieben wären. Offensichtlich pflegte man sich in Texas erst kennenzulernen, bevor man Geschäfte miteinander abschloss. Also machte ich gute Miene zum bösen Spiel und brachte mich in ihre derben Gespräche mit ein. Widerwillig musste ich mir eingestehen, dass Finn die Männer richtig eingeschätzt hatte.

Eineinhalb Stunden später zeigte sich, dass er bei der Auswahl der Bar ebenfalls ins Schwarze getroffen hatte. Als ich die Männer ins *Wild Lady* führte, johlten und grölten sie vor Freude. Während ich das Etablissement in Augenschein nahm, suchten sie sich einen freien Platz mit Blick auf die Bühne und orderten eine Runde Whisky für alle. Ich setzte mich zu ihnen, lehnte mich zurück und tat so, als genieße ich die Tanzeinlage der Frau, die sich auf der Bühne räkelte.

Zugegebenermaßen, das gelbe Scheinwerferlicht glänzte verführerisch auf ihrer dunklen Haut und ihr Tanz war hemmungslos, was meine Begleiter sehr begrüßten. Trotzdem stellte sie für mich nur eine Ablenkung dar. Ich wollte über Business reden, keiner halb nackten Frau beim Tanzen zusehen. Wenn ich eine Frau dabei beobachten wollte, wie sie sich aufreizend räkelte, bestellte ich sie zu mir nach Hause, wo ich sie für mich allein hatte und sie danach in meinem Bett landete. Diese öffentliche Zurschaustellung von Sex und Erotik entsprach nicht meinem Naturell.

Außerdem kostete der Aufenthalt unserer Gäste in New York bereits mehrere tausend Dollar. Ich war reich, aber nicht verschwenderisch. Wenn wir es zu keinem Abschluss brachten, wäre dieses Geld eine weitere Fehlinvestition, die wir auf unserem Konto verbuchen mussten. Etwas, was noch weniger meinem Naturell entsprach.

Allerdings waren mir die Hände gebunden. Die Männer aus Texas amüsierten sich prächtig. Jubelten den Damen auf der Bühne zu, die das Publikum nacheinander mit einer Tanzperformance unterhielten, und flirteten heftig mit den Kellnerinnen. Ich gab mir die größte Mühe, einen klaren Kopf zu bewahren, damit ich die Lage im Blick behalten konnte. Es ging um einen wichtigen Auftrag. Doch die Männer bestellten eine Runde nach der anderen und ließen nicht zu, dass ich aussetzte. Kaum hatte ich ein Glas geleert, bestellte einer der vier bereits einen neuen Drink für mich. Sosehr ich mich auch bemühte, zwischendurch viel Wasser zu trinken, machte sich der Alkohol dennoch bemerkbar. Ich war das Trinken nicht mehr gewohnt und überlegte, wann ich zuletzt in eine Bar gegangen war. Einfach so, zum Spaß. Da ich nicht auf die Antwort kam, war es zu lange her.

Nach dem dritten Glas fand ich Derek, Bert, Ian und Jack gar nicht mehr so schrecklich. Nach dem vierten begann ich, das Etablissement zu mögen, und nach dem fünften Glas merkte ich, wie ich entspannte. Als Derek sich zu mir vorbeugte, um mir zu sagen, wie gerne er unsere Kellnerin für ein schnelles Rodeo mit in die Toilette genommen hätte, musste ich mir ein amüsiertes Grinsen verkneifen.

In diesem Moment endete die Performance einer rothaarigen Tänzerin, das Licht wurde stärker aufgedreht und die dunkelhäutige Frau, die vorhin die Show eröffnet hatte, betrat die Bühne. In der Hand hielt sie ein Mikrofon.

»Ladys und Gentlemen. Als Nächstes darf ich Ihnen eine Tänzerin vorstellen, die heute zum ersten Mal im *Wild Lady* auftritt. Sie kommt aus dem windigen Chicago und hat sich extra für Sie eine heiße Choreo einfallen lassen. Begrüßen wir sie mit einem Applaus.«

Beifall, Pfiffe und Jubelrufe waren zu hören, als die Frau die Bühne verließ und das Licht gedimmt wurde. Danach wurde alles ganz still. Jeder wartete gespannt auf die Show.

Lediglich ein violetter Lichtkegel fuhr am Boden der Bühne entlang, sodass man nicht sehen konnte, was darauf passierte. Dann, ganz langsam, wanderte er zur Stange, bis ein Paar High Heels in seinem Schein auftauchten. Das Licht glitt höher, entlang an zwei straffen Waden, und enthüllte wohlgeformte Beine.

Ohne es zu wollen, hatte ich mich in meinem Sessel vorgelehnt und folgte mit den Augen gebannt dem violetten Kreis, der den Körper der Frau liebkoste. Sie stand mit dem Rücken zum Publikum, weswegen ich ihr Gesicht nicht sah, doch als ein praller Hintern auftauchte, rund und fest, vergaß ich all meine Bedenken gegen diese Art von zur Schau gestellter Erotik. Dann setzte die Musik ein. Langsam begann die Frau ihren Körper zu bewegen. Blondes lockiges Haar schwang ihr über den Rücken und fing das violette Licht des Scheinwerfers ein. Nach wenigen Sekunden war ich der Art verfallen, wie sie ihre Hüften im Takt der Musik wiegte. Meine Hände hatten sich zu Fäusten verkrampft. Neben mir raunte Ian etwas, Bert stimmte ihm zu. Ich achtete nicht auf sie. Sondern sah nur die Frau, die sich an der Stange bewegte, als wäre sie eins mit ihr. Als sie sich daran hochschwang und sich langsam, mit zum Spagat ausgestreckten Beinen, daran drehte, bis sie das Publikum ansah, glitt der Lichtkreis höher und offenbarte zum ersten Mal ihr Gesicht.

Eines, in das ich noch vor wenigen Stunden bei *Parker&Scott* geblickt hatte. Die Erkenntnis traf mich wie ein Schlag. Die Frau, die dort tanzte, die ein so starkes Verlangen in mir entfachte, war seit heute meine Mitarbeiterin.

Kapitel -3-
Charly

Am schlimmsten war die Nervosität, kurz bevor die Musik einsetzte. Dann war es im ganzen Raum ruhig. Keiner redete, kein Geräusch durchbrach die Stille, und ich wusste, dass alle mich anstarrten und warteten. Mein Herz klopfte wie wild in meiner Brust. Alles in mir schrie, wegzulaufen. Schiere Willenskraft und das Wissen, wie dringend ich auf das Geld angewiesen war, hielten mich auf der Bühne.

Aber als die ersten Klänge der Musik den Raum erfüllten, vertrieben sie nicht nur die Stille, sondern auch meine Angst. Zurück blieben ich, mein Körper und die Pole. Ich hatte mich für eine langsame, sinnliche Choreo entschieden. Eine voller versteckter Erotik. Mit vielen geschmeidigen Hüftschwüngen, Posen, die meinem Körper schmeichelten, und angedeutetem Sex. Männer liebten den Anblick einer Frau, die an der Stange einen Spagat vollführte. Deswegen baute ich dieses Element öfter mit ein. Bedacht darauf, mich langsam zu drehen. Es aussehen zu lassen, als wäre es die leichteste Sache der Welt. Als wären die Stange und ich eins. In Wirklichkeit schrien meine Muskeln vor Schmerz. Jeder Kontakt mit dem kalten Metall tat weh. Das war der Preis, den man für einen Tanz an der Stange zahlte. Blaue Flecken und verspannte Muskeln. Dennoch nahm ich es gerne in Kauf. Denn das, was ich dafür bekam, war es wert. Ein Gefühl von Schwerelosigkeit. Losgelöst und frei sein.

Der Rhythmus des Liedes wurde langsamer. Die letzten Klänge setzten ein. Ich hob an zu einer finalen Drehung, ließ mein Haar mit mir schwingen und setzte pünktlich zum Schluss des Liedes mit den Füßen auf dem Boden auf. Die Hände weit über dem Kopf ausgestreckt, hielt ich mich an der Pole fest und präsentierte mich dem Publikum in einem violetten Lichtkreis. Beifall und Jubelrufe entbrannten. Scheine wurden auf die Bühne geworfen. Die Zuschauer waren begeistert und ich atmete erleichtert aus. Mit zusammengekniffenen Augen versuchte ich, etwas zu erkennen, aber das Licht blendete mich. Erst als es gedimmt wurde und der Gästebereich sich erhellte, konnte ich mein Publikum in Augenschein nehmen. Die Begeisterung in ihren Gesichtern sprach Bände. Ich sah, dass Kellnerinnen herangewinkt wurden. Eine hervorragende Show sorgte dafür, dass die Gäste mehr bestellten. Das war gut. Es würde Dimitri gefallen. Vielleicht bekam ich bald dreihundert. Ein letztes Mal begutachtete ich das Publikum. Die meisten waren schick gekleidet. Hemd und Krawatte.

Wie ich vermutet hatte, waren die Besucher des *Wild Lady* gut betucht. Bänker, Geschäftsleute, Anwälte.

Mein Blick glitt über ein Gesicht, das sich von der Menge abhob. Das mir bekannt vorkam. Ich erstarrte und sah noch mal hin. Seine Augen bohrten sich in meine. Mein Herz schlug schneller. Zu schnell, Schweiß sammelte sich auf der Innenseite meiner Handflächen und in meinem Nacken. Angst ergriff Besitz von mir. Nein, nein, nein! Das durfte nicht passieren. Doch ich hätte Adam Scotts Augen überall wiedererkannt. Dunkel glühend starrte er mich an, ausgeschlossen, dass er mich nicht erkannt hatte.

»Süße, komm von der Bühne runter«, zischte Cash und winkte von der Seite, um meine Aufmerksamkeit zu bekommen. Sie stand halb verborgen hinter einem Vorhang und wartete, weil ich wie angewurzelt stehen geblieben war. Mit zitternden Knien ging ich zu ihr. Als ich mich ein letztes Mal zum Publikum umdrehte, stellte ich fest, dass Adam mich noch immer nicht aus den Augen gelassen hatte.

»Das war der Wahnsinn«, begrüßte Cash mich, als ich Backstage ankam, und zog mich in ihre Arme. »Die Männer waren ganz aus dem Häuschen.«

Ich konnte mich nur zu wenig Freude durchringen. Meine Gedanken waren bei Adam.

»Hör zu, ich will dich an vier Abenden die Woche. Dimitri ist einverstanden. Montag, Mittwoch, Freitag, aber ich will dich samstags auch hier haben. Mein Gefühl sagt mir, dass du den Laden in kürzester Zeit füllen wirst.«

Das waren gute Nachrichten. Ich sollte mich freuen. »Danke«, murmelte ich benommen und nahm das Handtuch entgegen, das Cash mir reichte. Ich wischte mir den Schweiß ab, der nicht nur wegen der Anstrengung auf meiner Stirn perlte. Ich war am Arsch. Cash bot mir vier Abende pro Woche an, aber ich wusste nicht, ob ich überhaupt noch einen Grund hatte, in der Stadt zu bleiben.

»Zieh dich erst mal um und bestell dir an der Bar was zu trinken. Geht natürlich aufs Haus«, sagte Cash und schob mich vorwärts. »Ich komme gleich zu dir und dann besprechen wir alle Details.«

Ich nickte und zwang meine Beine, sich zu bewegen.

»Oh, und, Süße?«, hielt Cash mich zurück. Ich drehte mich zu ihr um. »Du solltest aufhören, solche Omajacken zu tragen. Das weckt völlig falsche Erwartungen.«

Kichernd ging ich in die Garderobe zurück. Es gab sogar eine Dusche. In meinem Kopf machte ich mir eine Notiz, dass ich beim nächsten Mal ein Handtuch und Wechselkleidung mitbringen musste. Wenn es ein nächstes Mal gäbe.

Als ich fertig umgezogen war, zögerte ich, rauszugehen. Ich wusste nicht, was auf mich zukam. Was Adam sagen würde. Bei dem Gedanken an eine Konfrontation mit ihm zog sich mein Magen schmerzhaft zusammen. Sein ganzes Auftreten war eine einzige Warnung, ihm nicht zu widersprechen. Er würde nicht zulassen, dass eine Angestellte von *Parker&Scott* ihr Geld mit Poledance verdiente. Aber ich war auf den Job angewiesen.

Zeit, es hinter mich zu bringen.

Das Unvermeidliche hinauszuzögern, war sinnlos. Mit gestrafften Schultern ging ich durch den Flur in den Schankraum und sah mich nach Adam um, fand ihn jedoch nirgends. Der Tisch, an dem er gesessen hatte, war leer. Er war gegangen. Ein Teil von mir wollte erleichtert sein, der andere wusste, dass das nur die Ruhe vor dem Sturm war.

»Also, wo hast du so tanzen gelernt?«, fragte Cash mich eine halbe Stunde später. Ich saß an der Bar, über meinen Moscow Mule gebeugt, und zerbrach mir den Kopf darüber, wie es weitergehen sollte. Ihre Gesellschaft war eine willkommene Ablenkung.

»Ich habe als Kind Ballettunterricht genommen«, antwortete ich wahrheitsgemäß und schmunzelte bei dem Gedanken, was meine frühere Lehrerin von meiner Arbeit halten würde. Sie hätte bestimmt nicht damit gerechnet, dass ihre begabteste Schülerin eines Tages halb nackt in einer Bar tanzen würde. Cash nickte anerkennend.

»Die Show war spitze. Und du tanzt an der Stange, seitdem du sechzehn bist?«

»Ja«, antwortete ich schlicht. Die meisten Menschen fielen aus allen Wolken, wenn sie das hörten. Aber mein Leben entsprach nun einmal nicht der Standard-Bilderbuchvorstellung, und ich würde einen Teufel tun, mich dafür zu entschuldigen.

»Ich habe mit fünfzehn angefangen«, sagte Cash und ich sah sie überrascht an.

»Fünfzehn?«, fragte ich. »Wie bist du so früh in eine Bar gekommen?«

»Dasselbe könnte ich dich fragen«, erwiderte sie.

Fast gleichzeitig sagten wir: »Gefälschter Ausweis«, und lachten. Dann wechselten wir einen kurzen Blick, und es war, als verstünden wir einander wortlos. Cash und ich kamen aus derselben Welt.

Die nächste Stunde tauschten wir Geschichten aus. Ich erfuhr, dass Cashs Mutter bereits als Tänzerin gearbeitet hatte. Ebenso wie meine Mom war sie alleinerziehend und hatte ihre Tochter mit zur Arbeit genommen. Sie konnte sie als Kleinkind schlecht allein zu Hause lassen. Also war Cash in den verschiedensten Clubs und Bars aufgewachsen. Die Umkleidekabine war ihr zweites Zuhause geworden und der Trainingsraum ihr Spielplatz. Ich erkannte mich in vielen ihrer Erzählungen wieder. Mit fünfzehn hatte sie selbst angefangen, Geld zu verdienen.

»Ich wollte nicht mehr zur Schule gehen«, erklärte sie. »Jede Woche gab es eine verdammte Messerstecherei, und jeden Freitag war ich froh, wenn ich überlebt hatte. Also stieg ich aus. Meine Mom war nicht begeistert, aber das zusätzliche Geld konnten wir gut gebrauchen, also hat sie sich nicht lange dagegen gesträubt. Wie war es bei dir?«

Ich seufzte und nahm einen großen Schluck von meinem Moscow Mule. Dem zweiten, wohlgemerkt. »Ähnlich«, antwortete ich. »Mein Dad hat sich früh aus dem Staub gemacht. Die Verantwortung für eine Familie wurde ihm wohl zu viel und da ist er eines Tages gegangen und nicht zurückgekommen. Damals war ich zehn.«

Cash nickte, als kannte sie das Problem, und ich nahm mir vor, sie irgendwann nach ihrem Dad zu fragen.

»Meine Mom versuchte, uns alleine durchzubringen. Aber sie ist zu naiv. Hofft bis heute, dass mein Dad zurückkommt.«

Ich schüttelte den Kopf über sie.

»Mir war klar, dass das nicht passieren würde. Es gab nur noch Mom und mich. Wir mussten für uns selbst sorgen. Also suchte ich mir mit vierzehn einen Job. Ich habe schwarz in einem Mini-Markt gearbeitet und etwa zwei Jahre später eine Stelle als Kellnerin bekommen. Aber das Geld hat nie gereicht. Dann bekam ich zufällig mit, was die Tänzerinnen verdienten, und habe vor Schichtbeginn trainiert, bis ich meinen ersten Job an der Stange bekam. Seitdem geht es uns finanziell besser. Ich konnte mein Studium finanzieren und meiner Mom bis heute jeden Monat ein paar Scheine zustecken. Sie ist nicht mehr die Jüngste, weißt du?«

Ich nahm einen langen Zug von meinem Cocktail.

»Ich will nicht, dass sie ewig schuften muss.«

Ich dachte daran, wie tief die Falten um ihre Augen in den letzten Monaten geworden waren. Wie rau ihre Hände sich anfühlten. Das harte Leben, das sie geführt hatte, forderte seinen Tribut. Früher hatte ich gedacht, meine Mom wäre unverwüstlich. Sie hatte auf mich so stark und selbstbewusst gewirkt, wie sie Haushalt, Job und Kindererziehung unter einen Hut bekam. Aber als mein Dad ging, verschwand das Bild dieser Frau ein für alle Mal. Zurück blieb eine gebrochene Version meiner Mutter, die einem Mann hinterherweinte, der uns nichts als Probleme hinterlassen hatte.

Cash und ich redeten noch eine Weile. Als ich um zwei Uhr zu Hause ankam, war es in der Wohnung stockdunkel. Cos schlief tief und fest auf der Couch, und ich schlich leise durch den Raum, um sie nicht aufzuwecken. Ausgelaugt von dem ereignisreichen Tag hätte ich mich am liebsten mitsamt meinen Klamotten ins Bett fallen lassen. Trotzdem zwang ich mich, mein Gesicht zu waschen, mir die Zähne zu putzen und meine Kleidung, die nach Rauch stank, auszuziehen. Dann öffnete ich das Fenster einen Spaltbreit und kuschelte mich unter meine Decke. Kühle Nachtluft strömte ins Zimmer und strich über mein Gesicht. Von der Straße drangen nur vereinzelte Geräusche an mein Ohr. Selbst in der Stadt, die niemals schlief, gab es ein paar ruhige Stunden. Als ich die Augen schloss, dachte ich daran, dass bald der Sturm über mich hereinbrechen würde.

Kapitel -4-

Charly

Am nächsten Morgen verließ ich die Wohnung, bevor die Sonne richtig aufgegangen war. Als Tänzerin hatte ich mich daran gewöhnt, mit wenig Schlaf auszukommen. Bis spät in die Nacht zu arbeiten und frühmorgens wieder fit zu sein, war anstrengend, aber ich kannte es kaum anders. Und wozu gab es bitte Kaffee?

Mit der Sub fuhr ich in die City und staunte über den Anblick, den die in rosarotes Licht getauchte Skyline von Manhattan mir bot.

Der Tag hatte kaum begonnen und es herrschte schon geschäftiges Treiben. Jeder hatte ein Ziel, eine Aufgabe. Die Luft war energiegeladen.

Auch ich war heute mit einem bestimmten Vorhaben früh aus dem Haus gegangen. In meiner Handtasche befand sich eine Kopie meines Praktikumsvertrags. Mein Plan war es, mir bei Starbucks einen großen Raspberry Latte zu holen, jede der zwanzig Seiten durchzugehen und herauszufinden, ob ich mit meinem Job in der Bar gegen irgendeine Auflage verstieß. Ich wollte auf das Gespräch mit Adam Scott vorbereitet sein. Sosehr ich mir auch wünschte, er möge ignorieren, was er gesehen hatte, so genau wusste ich, dass das nicht passieren würde.

Eine Stunde und zu viel Koffein später konnte ich mit Überzeugung sagen, dass ich gegen keine Vorschrift, die *Parker&Scott* an seine Mitarbeiter stellte, verstieß. Da es sich um ein unbezahltes Praktikum handelte, stand in meinem Vertrag nirgends, dass ich Nebeneinkünfte anmelden oder genehmigen lassen musste. So weit, so gut. Jetzt musste Adam Scott das nur genauso sehen.

Auf der gegenüberliegenden Straßenseite des Firmengebäudes blieb ich stehen. Ein paar Minuten hatte ich noch, daher zog ich mein Handy aus der Handtasche und wählte die Nummer meiner Mom.

»Charlotte, mein Schatz. Endlich rufst du an. Ich habe mir schon Sorgen gemacht«, begrüßte sie mich überschwänglich und ich lächelte. Ihre Stimme zu hören, tat nach der ganzen Aufregung gut.

»Tut mir leid, Mom. Der Tag gestern war furchtbar anstrengend.«

»Gefällt es dir nicht in New York?«, fragte sie alarmiert. »Du weißt, dass du jederzeit zurückkommen kannst. Ich lasse in deinem Zimmer alles so, wie es ist.«

Ich schloss die Augen und unterdrückte das schlechte Gewissen, das ich bei ihren Worten bekam.

»Danke, Mom«, murmelte ich. »Aber das musst du nicht. Es geht mir gut. Es ist nur viel Neues auf einmal. Mehr nicht.«

Wie hätte ich ihr auch erklären sollen, was passiert war? Nachdem ich sie so lange belogen hatte, schien es unmöglich, mit der Wahrheit herauszurücken. »Ist das Geld angekommen?«, wollte ich wissen, weil ich ihr während der Reise fünfhundert Dollar überwiesen hatte.

»Ich weiß es nicht, Schatz. Ich war noch nicht bei der Bank. Das erledige ich morgen. Heute bin ich zu müde.« Ihre Stimme klang rau und brüchig, als strenge sie selbst diese kurze Unterhaltung an.

»Hast du wieder in der Nachtschicht gearbeitet?«, fragte ich wütend. Sie bejahte. »Ich habe dir so oft gesagt, dass du das nicht tun sollst. Die Nachtschicht ist nicht gut für dich. Du brauchst Tage, um dich davon zu erholen.«

Mom war in einer Fabrik tätig, die Kleinteile für Automotoren herstellte. Die Maschinen liefen rund um die Uhr, deswegen mussten die Mitarbeiter in Schichten arbeiten. Aber mit ihren sechzig Jahren war meine Mutter zu alt dafür. Sie vertrug den veränderten Schlafrhythmus nicht.

»Was soll ich meinem Chef denn sagen, Charlotte?«, redete sie ruhig auf mich ein. »Jeder muss mal

Nachtschicht machen, auch ich. Ausnahmen gibt es keine. So steht es in meinem Arbeitsvertrag.«

»Und wenn du dir eine neue Stelle suchst?«, schlug ich nicht zum ersten Mal vor. Die Antwort kannte ich bereits.

»Wer soll mich denn einstellen? In meinem Alter. Ich kann froh sein, dass ich die Arbeit habe.«

Ich schluckte eine Erwiderung runter, denn aus Erfahrung wusste ich, dass es nur zu einem Streit führen würde. Allerdings war ich entschlossener als je zuvor, in der Bar Vollgas zu geben. Mit dreihundert Dollar an je vier Abenden die Woche, plus meinem Trinkgeld, konnte ich Mom genug Geld schicken, damit sie nicht mehr arbeiten musste. Solange ich mir eine Wohnung mit Jane und Cos teilte, die Karte für die öffentlichen Verkehrsmittel von *Parker&Scott* bekam und sparsam wäre, würde ich zurechtkommen.

»Ich muss los«, verabschiedete ich mich. Ich war immer noch wütend, aber nicht auf meine Mutter. Vielmehr auf die Umstände. »Ich melde mich bald wieder bei dir, okay?«

»Okay, mein Schatz. Pass auf dich auf«, sagte sie liebevoll. Nachdem ich das Telefonat beendet hatte, straffte ich die Schultern und betrat das Firmengebäude. Gut, dass ich mit meiner Mom gesprochen hatte. Es erinnerte mich daran, weshalb ich das alles auf mich nahm. Wenn ich meinem neuen Boss erklärte, wie dringend ich das Geld brauchte, würde er sicher Verständnis zeigen. Das hoffte ich zumindest, denn ich wusste nicht, was ich sonst tun sollte.

Vier Stunden später war von meiner Entschlossenheit nicht mehr viel übrig. Anders als erwartet, hatte Adam Scott mich nicht sofort zu sich rufen lassen. Stattdessen wurde ich lediglich von Olivia und Nicolas begrüßt, die bereits an ihren Schreibtischen saßen, und bekam Tagesaufgaben von Finn. Einige Ordner mussten neu angelegt und digitalisiert werden. Während ich diese nacheinander abarbeitete, saß ich wie auf heißen Kohlen. Immer, wenn jemand am Büro vorbeilief, sah ich auf und erwartete, Adam dort zu sehen.

Nachdem ich einige Stunden mit brüchiger Konzentration gearbeitet hatte, machte ich Mittagspause in der Hoffnung, dass ein bisschen was im Magen mir helfen würde, klarer zu denken.

Olivia und Nicolas klebten förmlich an ihren Bildschirmen, als ich das Büro verließ und den schmalen Flur entlangging, der mich zur Küche führte. Links und rechts befanden sich die Türen zu den Büros der anderen Mitarbeiter auf der Etage. Einige waren offen, andere geschlossen. Insgesamt jedoch war es verstörend leise. Nur gelegentlich kam mir jemand auf dem Flur entgegen.

Als ich in der Küche ankam, hielten sich dort lediglich zwei Frauen auf. Eine wärmte gerade ihr Essen in der Mikrowelle auf, die andere saß mit einem Kaffee an einem der Bistrotische.

»Hallo«, grüßte ich die beiden leise und ging zu den Wärmebehältern mit der Suppe. Daneben stand ein Stapel mit Suppenschüsseln. In einer Schublade fand ich Besteck. Insgesamt war die Küche sehr gut ausgestattet. Eine große weiße Küchenzeile, auf der zwei Kaffeemaschinen standen, eine Mikrowelle, ein Wasserkocher und eine Obstschale waren das, was auf den ersten Blick auffiel. Der Raum war dank der bodentiefen Fenster lichtdurchflutet und an den Wänden hingen Fotografien von kunstvoll arrangiertem Obst und Gemüse in glänzenden roten Bilderrahmen.

Gerade als ich den Deckel des Behälters anhob, und nachschaute, welche Suppe es heute gab, kam ein junger Mann in den Raum. »Sind Sie Ms. Summer?«, fragte er, als kannte er die Antwort bereits.

»Wer will das wissen?«, entgegnete ich. Das braune Haar des Mannes stand ihm in kleinen Löckchen vom Kopf ab und war an den Spitzen blond gefärbt.

»Mr. Scott lässt Sie zu sich rufen. Sofort«, betonte er mit Blick auf die Suppenschüssel, die ich in der Hand hielt. Ich sparte mir, zu erwähnen, dass ich Mittagspause hatte. Sein Tonfall war unmissverständlich. Ich legte die Schüssel wieder weg.

Mit hängenden Schultern und mulmigem Gefühl im Magen folgte ich ihm über den Flur. Seine beschwingten Schritte hinterließen ein dumpfes Klopfen auf dem grauen Teppich. Könnte ich bloß ebenso leichtfüßig sein. Im Moment fühlte ich mich eher, als würde ich zur Schlachtbank geführt werden. »Du schaffst das, Charly«, sprach ich mir selbst leise Mut zu.

»Wie bitte?«, fragte der Mann und blieb stehen, um sich zu mir umzudrehen.

Ich winkte ab. »Nichts, ich habe nur … Es ist nichts.« Mit hochgezogenen Brauen musterte er mich. »Selbstgespräche wirken immer etwas gruselig, Schätzchen«, kommentierte er, dann marschierte er voran und ich konnte ihm nur mit offenem Mund folgen. Für wen hielt diese Diva sich?

Dann standen wir vor der Tür zu Adams Büro. An der Wand hing ein silbernes Metallschild mit seinem Namen darauf. In meinem Kopf war nur noch Platz für Fluchtgedanken. Automatisch schob ich die Hände in die Ärmel meines Cardigans, heute war er grau, und krallte mich an der Innenseite des Stoffs fest. Aber das Gefühl, dass ich geradewegs in die Höhle des Löwen marschierte, konnte es mir nicht nehmen. Als der junge Mann, vermutlich Adams Assistent, an der Bürotür anklopfte, klang es in meinen Ohren wie das Einläuten eines Kampfes.

Kapitel -5-

Adam

Die ganze Nacht und den ganzen Vormittag hatte ich mir den Kopf darüber zerbrochen, wie am besten mit der Situation umzugehen war.

Nachdem ich Ms. Summer auf der Bühne wiedererkannt hatte, hätte ich die Bar sofort verlassen müssen. Warum ich mir ihren Auftritt bis zum Ende angeschaut und provoziert hatte, dass sie mich entdeckte, wusste ich nicht. Ich konnte mir mein eigenes Verhalten nicht erklären und schob es auf den hohen Alkoholkonsum. Das musste mir die Sinne vernebelt haben. Erst als sie von der Bühne gegangen war und damit aus meinem Blickfeld verschwand, hatte mein Verstand eingesetzt, und ich konnte meine Begleiter überreden, weiterzuziehen. Dennoch hatte die Angelegenheit mir keine Ruhe gelassen. Eine schnelle Klärung musste her.

Das richtige Vorgehen wäre es gewesen, sie ohne einen Kommentar fristlos zu entlassen. So wäre Finns Vorgehensweise gewesen. Aber einem großen Teil von mir widerstrebte es, sich so zu verhalten. Ms. Summer war unsere Praktikantin. Ich fühlte mich verantwortlich für meine Mitarbeiter. Auch wenn sie erst seit einem Tag bei uns angestellt waren. Ich glaubte nicht, dass sie einen Job als Tänzerin aus purer Langeweile ausübte. Vielleicht war sie auf das Geld angewiesen.

Schließlich hatte ich eine Entscheidung getroffen und meinen Assistenten, Vince, gebeten, Charlotte in mein Büro zu rufen. Ich wollte die Sache aus der Welt geschafft haben, damit ich aufhören konnte, auf eine Weise an meine Mitarbeiterin zu denken, die gegen meine Prinzipien verstieß.

Als es kurz darauf an der Tür klopfte, zog ich mein Jackett straff und machte mich auf ein unangenehmes Gespräch gefasst.

»Herein«, rief ich mit fester Stimme und die Tür öffnete sich.

»Ms. Summer ist da«, kündigte Vince an, und ich gab ihm mit einem knappen Nicken zu verstehen, dass er sie reinschicken sollte. Charlotte betrat den Raum zögernd. Bevor sie mich ansah, ließ sie ihren Blick über die Einrichtung schweifen, was mir die Zeit gab, sie unverhohlen zu betrachten. Wie gestern trug sie eine Stoffhose und eine unauffällige Bluse. Darüber hatte sie ein furchtbares graues Jäckchen geschmissen, das fast ihren gesamten Körper verschluckte. Unwillkürlich musste ich an den bewundernden Blick denken, mit dem sie mich bei unserem Kennenlernen angesehen hatte. An das Gefühl, als sie meine Hand einen Augenblick zu lange gehalten hatte. Und obwohl sie sich im Alltag die größte Mühe gab, unattraktiv zu wirken, wusste ich nun, was sich unter der Kleiderschicht verbarg, und konnte die Augen nicht davor verschließen. Es war, als brannte mein Blick sich durch ihre Kleidung. Ständig sah ich sie vor mir, wie sie sich an der Stange räkelte in dem schwarzen Spitzenbustier, der ihre Brüste auf so betörende Weise angehoben hatte.

War das der Grund, aus dem ich sie nicht sofort entließ? Ein bisschen Bewunderung und ein schöner Körper?

Ich wollte nicht glauben, dass meine Beweggründe so simpel gestrickt waren. Ich räusperte mich, um den Gedanken zu verdrängen und gleichzeitig ihre Aufmerksamkeit zu fordern. Sie sah mich aus ihren haselnussbraunen Augen an, und ich vergaß für einige Sekunden, weshalb wir hier waren.

»Bitte setzen Sie sich, Ms. Summer«, bat ich sie, als es mir wieder einfiel. Ich deutete auf den Stuhl vor meinem Schreibtisch und folgte ihr mit dem Blick, als sie gehorchte. Ich hatte mir vorgenommen, Ruhe zu bewahren und dieses Gespräch unkompliziert hinter mich zu bringen. Aber allein die Art, wie sie auf dem Stuhl saß und nervös auf ihrer Unterlippe kaute, brachte mich aus dem Konzept. Und das weckte eine

Wut in mir, die es mir schwer machte, gelassen zu bleiben.

»Möchten Sie etwas trinken?«, rang ich mich zu einer freundlichen Geste durch. Sie schüttelte den Kopf und sah auf ihre Hände hinab, die sie in ihren Schoß gelegt hatte. Ihre offensichtliche Anspannung stachelte meine Wut aus irgendeinem Grund an. Aufgebracht ging ich zur Tür und riss sie auf. Vince' Büro befand sich direkt gegenüber von meinem. Auf meine Anweisung hin ließ er es immer offen, sodass er mich sofort hören konnte, wenn ich etwas brauchte.

»Bringen Sie uns zwei Kaffee«, blaffte ich ihn über den Flur hinweg an. Vince sprang angesichts meines ruppigen Tonfalls sofort auf und stürmte hektisch aus seinem Büro. »Kommt sofort«, versicherte er mir.

Dann ließ ich die Tür laut ins Schloss fallen. Als ich mich umdrehte und zu meinem Schreibtisch ging, sah ich, dass Charlotte mich erschrocken ansah. Ms. Summer. Dass Ms. Summer mich erschrocken ansah. Sie hatte den Kopf leicht eingezogen und wirkte sehr verloren in ihrem Stuhl.

Die Hände auf den Schreibtisch gestützt, überlegte ich, wie ich das Gespräch diplomatisch angehen konnte. Dazu musste ich mich zunächst einmal beruhigen. Dann ergriff Charlotte das Wort und brachte alle meine Pläne durcheinander.

»Danke«, begann sie unsicher. »Aber ich hatte heute schon zwei Kaffee und zu viel Koffein bekommt …«

»Was hatte das gestern Nacht zu bedeuten«, fuhr ich ihr scharf dazwischen und hätte mich am liebsten selbst dafür geohrfeigt. Das war nicht ruhig und diplomatisch. Charlottes Hände vergruben sich in ihrem Schoß, ihre Schultern waren angespannt, dennoch hob sie den Kopf und hielt meinem wütenden Blick stand.

»Ich habe gearbeitet«, antwortete sie ruhig.

»Ihre Arbeit ist hier«, knurrte ich und krallte meine Hände in die Tischplatte. Mein Zorn wuchs, und da ich stand und sie saß, überragte ich sie um einiges. Dennoch straffte sich ihre Körperhaltung mit jedem meiner Worte. Trotz funkelte in ihren großen Augen.

»Meine *unbezahlte* Arbeit«, argumentierte sie.

Es war richtig, dass *Parker&Scott s*eine Praktikanten nicht vergütete. Das hatten wir nicht nötig, denn Absolventen von den besten Unis standen Schlange, um für uns arbeiten zu dürfen. Für uns tätig zu sein, bedeutete eine enorme Steigerung der Karrierechancen. Neunzig Prozent unserer ehemaligen Praktikanten fanden wenige Wochen nach ihrer Zeit bei uns eine gut bezahlte Stelle in einer hohen Position.

Ms. Summers Noten waren hervorragend gewesen. Außerdem hatte ihr Motivationsschreiben, das jeder Bewerber abgeben musste, uns überzeugt. Es hatte den Anschein erweckt, als wolle sie den Praktikumsplatz mehr als alles andere. Ich persönlich hatte mich dafür eingesetzt, dass sie ihn bekam. Umso unverständlicher war es für mich, dass sie diese Chance so wenig zu schätzen wusste.

»Das ist die übliche Vorgehensweise«, informierte ich sie. »Und dass es keine Bezahlung geben würde, wussten Sie, bevor Sie den Vertrag unterschrieben haben.«

Charlotte sah mich an, als hätte ich gerade etwas unheimlich Dummes gesagt. »Natürlich wusste ich das«, entgegnete sie. »Aber was sollte ich Ihrer Meinung nach tun? Auf das Praktikum verzichten, weil ich nicht die finanziellen Mittel dafür habe? Ich komme eben nicht aus reichen Verhältnissen.«

Ich kniff genervt die Augen zusammen. Die meisten Absolventen, die bei uns anfingen, kamen aus gut betuchten Familien. So auch Olivia Beaufort und Nicolas McDoval. Die Regelung, dass die Praktika nicht vergütet wurden, war Finns Idee gewesen und stammte aus der Zeit, als wir nur Absolventen von

Eliteunis eingestellt hatten. Bei ihnen hatten wir uns nie Gedanken machen müssen, wie sie den Aufenthalt hier bezahlten. Aber seit diesem Jahr akzeptierten wir ebenfalls die Bewerbungen anderer Hochschulen auf mein Drängen hin. Ich hatte mehreren jungen Leuten die Chance bieten wollen. Ich bildete mir ein, damit etwas Gutes zu tun, hatte dabei aber nicht bedacht, dass es für einige zu finanziellen Schwierigkeiten kommen könnte.

Bevor ich etwas erwidern konnte, redete Charlotte weiter. »Mr. Scott, es tut mir sehr leid, dass es zu diesem Zwischenfall gekommen ist«, entschuldigte sie sich aufrichtig. »Aber ich bin auf das Geld angewiesen. Anders kann ich meinen Aufenthalt in New York nicht finanzieren.«

In ihrer Stimme lag eine traurige Ehrlichkeit, die etwas tief in mir berührte. Ihre Worte stießen einen Teil meiner Erinnerungen an, die ich lange nicht mehr ans Tageslicht befördert hatte.

Aber da war noch mehr.

Ohne es zu wissen, hatte Ms. Summer mich auf einen Schwachpunkt in einem Programm aufmerksam gemacht, auf das ich so stolz gewesen war.

Sie hatte recht. Aber darum ging es nicht.

»Ich verstehe, dass Ihnen nicht dieselben Mittel zur Verfügung stehen wie anderen Absolventen«, versuchte ich es mit der diplomatischen Variante und setzte mich, um die Wirkung zu verstärken. »Dennoch ist die Lösung nicht, dass Sie Ihren Körper verkaufen.«

Ich hatte verständnisvoll klingen wollen, aber ein Blick in ihr Gesicht genügte und ich wusste, dass ich es vollständig verbockt hatte. Sie wirkte nicht länger nervös, vielmehr schäumte sie vor Wut. Charlotte öffnete den Mund zu einer Erwiderung, als es an der Tür klopfte und Vince mit dem Kaffee zurückkam. Angesichts der angespannten Stimmung im Raum, stellte er die Tassen eilig vor uns ab, während er nervös plapperte.

»Es tut mir leid, Mr. Scott, dass es so lange gedauert hat. Aber vor der Kaffeemaschine hat sich eine Schlange gebildet. Als hätte jeder Mitarbeiter auf der Etage beschlossen, sich ausgerechnet jetzt einen zu holen.« Er kicherte gezwungen, dann verließ er den Raum fluchtartig und zog die Tür hinter sich zu.

Charlotte starrte mich zornig und mit zusammengepresstem Kiefer an. Ihr Gesicht war rot angelaufen, und sie wirkte, als würde sie jeden Moment explodieren.

»Hören Sie, Charlotte«, setzte ich zu einer Entschuldigung für meine verletzenden Worte an. Doch sie ließ mich kaum zu Wort kommen.

»Meine Arbeit im *Wild Lady* hat nichts damit zu tun, dass ich meinen Körper verkaufe«, zischte sie aufgebracht. »Sie ist seriös und legal. Ich tanze und dafür bekomme ich Geld. Wie können Sie es wagen, über mich zu urteilen?«

Sie stand ruckartig auf, wobei der Stuhl gefährlich wackelte, hielt auf die Tür zu und machte Anstalten, aus dem Büro zu stürmen. Sie hatte die Hand bereits auf die Klinke gelegt, als ich sie mit meinen Worten zurückhielt.

»Sie werden dort kündigen«, forderte ich mit klarer Stimme. Mit aufgerissenen Augen wirbelte sie zu mir herum.

»Das werde ich nicht«, presste sie zwischen zusammengebissenen Zähnen hervor. Ich schlug wütend mit der flachen Hand auf den Tisch, was sie heftig zusammenzucken ließ, stand auf und umrundete ihn schnell, um zu ihr zu gehen. Sie reckte mir trotzig das Kinn entgegen. »Ich verstoße gegen keine der Auflagen in meinem Vertrag. Sie können mich nicht zwingen, im *Wild Lady* zu kündigen.«

»Sie gefährden das Ansehen der Firma«, donnerte ich wütend und sie wich beim Klang meiner lauten Stimme zurück.

»Ihre Firma hat nichts damit zu tun«, stellte sie sich trotz ihrer offensichtlichen Angst stur und kostete mich damit mein letztes bisschen Beherrschung. Das Praktikum war eine einzigartige Chance für sie, das wusste ich, weil ich ihre Bewerbung gelesen hatte. Wie konnte sie so dumm sein, es wegen eines Jobs als Stripperin zu gefährden?

Charlotte Summer gab mir das Gefühl, auf voller Linie zu versagen. Ich hatte sie hergebeten, um mit ihr zu reden und sie zu verstehen. Damit wir gemeinsam eine Lösung finden und einen Schritt vorwärts machen konnten. Stattdessen hatten wir drei zurück gemacht und die Situation drohte jeden Augenblick zu eskalieren.

Ich stand dicht vor ihr. Ihre vor der Brust verschränkten Arme streiften meinen Oberkörper. Ein bezaubernder Duft nach frischem Regen stieg mir in die Nase. Ich musste sie berühren, also packte ich sie an den zarten Schultern und schüttelte sie leicht, damit sie zur Vernunft kam.

»*Ich* war dort. Ihr Boss. Mit potenziellen Kunden. Es könnte jederzeit jemand anderes aus der Firma dort auftauchen und Sie erkennen. Verstehen Sie denn nicht, wie gefährlich das ist?«

Offensichtlich verstand sie nicht.

»Wer sagt Ihnen auch, dass Sie Ihre Kunden an einen Ort wie das *Wild Lady* bringen sollen? Außerdem«, raunte sie mit einem Funkeln in den Augen und beugte sich näher zu mir, sodass ich jede einzelne Wimper bewundern konnte, »hätten Sie gehen können, bevor ich Sie bemerke. Warum sind Sie bis zum Ende der Show geblieben?«

»Weil …« Dieselbe Frage stellte ich mir seit gestern Abend. Warum war ich geblieben? Warum ging Charlotte mir so unter die Haut? In meinem Kopf fand ich keine Antwort, die ich ihr geben konnte.

Charlotte schnaubte und schüttelte belustigt den Kopf. »Wenn ich es nicht besser wüsste, würde ich sagen, dass Ihnen die Show gefallen hat.«

Für den Bruchteil einer Sekunde starrte ich sie an. Zu entsetzt über die Wahrheit, die sie soeben unverblümt ausgesprochen hatte. Sie hatte es als Scherz formuliert, doch bei ihren Worten spannte sich mein ganzer Körper merklich an. Eine Reaktion, die ihr zeigte, dass sie mit ihren Worten mitten ins Schwarze getroffen hatte.

Ihre Augen weiteten sich ungläubig und eine zarte Röte verteilte sich auf ihren Wangen.

»Verdammt, das hat es«, knurrte ich. Gestand ihr und mir die Wahrheit ein. In meinem Kopf schlugen die Sirenen Alarm und warnten mich davor, dass ich einen Fehler beging. Einen großen, unumkehrbaren Fehler.

Aber bevor ich mich daran erinnern konnte, wofür ich stand, was meine Prinzipien waren und welche Konsequenzen dieser Tag haben könnte, übernahm ein anderer, weitaus primitiverer Teil in mir das Kommando. Dieser Teil sah nur Charlottes leicht geöffneten Mund, hörte nur ihre beschleunigte Atmung und handelte.

Ich zog sie so fest an mich, dass ihr Körper gegen meine breite Brust fiel, und bedeckte ihren zarten Mund mit meinem. Charlotte gab einen überraschten Laut von sich und wollte zurückweichen, doch mit einer Hand griff ich an ihren Hinterkopf und hielt sie fest. Ihre Hände drückten gegen meine Brust, erst als ich mit der Zunge sanft über ihre Unterlippe strich, schmolz ihr Widerstand und sie öffnete seufzend den Mund. Statt mich wegzuschieben, hielt sie mich fest umklammert und erlaubte mir, unseren Kuss zu intensivieren. Ich fuhr mit meiner freien Hand die Formen ihres Körpers nach, strich über ihre Hüfte und stöhnte, als ich die weiche Rundung ihres Pos erreichte. Charlotte keuchte und krallte sich in meinen Haaren fest. Ihr Atem ging unregelmäßig, stoßweise, und ich spürte, wie ihr zierlicher Körper an meinem zitterte.

Doch wie auf ein geheimes Zeichen hin versteifte sie sich in meinen Armen. Noch bevor ich eine Chance hatte, sie anzusehen, drückte sie mich weg und verpasste mir eine schallende Ohrfeige.

Verwirrt darüber, wie mir gerade geschah, sah ich sie mit aufgerissenen Augen an. »Was zum ...?«

»Wenn Sie denken, nur weil ich in einer Bar tanze, bin ich eine Frau, die leicht zu haben ist, irren Sie sich«, fuhr sie mich scharf an. »Auch wenn ich meinen Körper zeige, heißt es noch lange nicht, dass Sie ihn anfassen dürfen.«

»Ich ... Was? Charlotte ... So war das nicht gemeint.« Bevor ich in der Lage war, einen vollständigen Satz zu sprechen, hatte sie ihre Bluse gerichtet und stürmte aus meinem Büro. »Charlotte«, rief ich, doch sie schlug die Tür hinter sich zu. Um Himmels willen. Was war gerade passiert?

Die Tür zu meinem Büro öffnete sich langsam und Vince steckte seinen Kopf herein. »Soll ich den Kaffee abräumen, Boss?«, fragte er zögernd und ich nickte.

Während Vince die Tassen einsammelte, stellte ich mir die Frage, wie aus meinem Plan, ein diplomatisches Gespräch zu führen, dieses Desaster hatte entstehen können.

Kapitel -6-

Charly

Aufgebracht stampfte ich durch den Flur und wusste nicht, wohin mit meinem Ärger. Meine Verwirrung, zu begreifen, was gerade geschehen war, machte mich noch wütender. Was fiel diesem Kerl ein? Wie konnte er es wagen? Bei der Erinnerung daran, wie weich seine Lippen sich auf meinen angefühlt hatten und wie die Berührung Hitzewellen durch meinen Körper geschickt hatte, blieb ich abrupt stehen und kniff die Augen zusammen. Ich konnte das Brennen, überall dort, wo er mich berührt hatte, noch spüren. Für wen hielt dieser Mann sich, dass er mich auf solche Weise anfasste und mich all diese Dinge fühlen ließ? Er hatte kein Recht dazu und ich hasste es. Hasste, dass ich so heftig auf ihn reagierte und am liebsten zurückgerannt wäre, um unseren leidenschaftlichen Kuss wieder aufzunehmen. Obwohl er so offensichtlich gezeigt hatte, wie sehr er mich verurteilte.

So durcheinander, wie ich war, konnte ich unmöglich ins Büro zurückgehen. Ich musste dringend an die frische Luft, sonst würde ich an meinem Gedankenchaos ersticken. Deswegen nahm ich einen anderen Weg, der mich direkt zu den

Aufzügen führte. Auf jedem Stockwerk gab es zwei, weswegen ich nicht an meinem Büro vorbeimusste.

Nervös von einem Bein aufs andere tretend, fuhr ich in das Erdgeschoss und war froh, dass ich niemandem begegnete, der Zeuge meines Kontrollverlustes sein konnte. Unten angekommen, durchquerte ich mit hektischen Schritten die Lobby und stürmte raus an die frische Luft. Als ein Windstoß mich im Gesicht traf, atmete ich zum ersten Mal, seitdem ich Adam Scott hatte stehen lassen, tief durch.

Ich wollte nicht direkt vor dem Firmengebäude stehen bleiben, man wusste nie, wer gerade aus dem Fenster sah, deswegen ging ich ein Stück die Straße entlang und ließ mich außer Sichtweite auf einen Mauervorsprung sinken. Businessleute liefen an mir vorbei und ignorierten mich, vertieft in ihre eigenen Gedanken oder wichtige Gespräche am Handy.

Seufzend stützte ich den Kopf in die Hände und schloss für einen Moment die Augen. Was hatte ich getan? Wie hatte ich zulassen können, dass die Situation so eskalierte?

Mein Plan war es doch gewesen, mich bei meinem Boss zu entschuldigen und ihm zu erklären, weshalb der Job im *Wild Lady* für mich so wichtig war. Doch im Laufe des Gesprächs war meine Wut stetig gewachsen. So lange, bis ich meine Worte und Handlungen nicht mehr unter Kontrolle gehabt hatte.

Ich hatte meinen Boss geküsst. Und ihm dann eine Ohrfeige verpasst. War ich denn von allen guten Geistern verlassen?

Unter den gegebenen Umständen konnte ich von Glück reden, dass Adam Scott mir überhaupt eine Chance gegeben hatte, mich zu erklären. Rein theoretisch hätte er mich einfach entlassen können. Ich hatte so großspurig behauptet, dass ich gegen keine Vorschrift verstieß, doch da gab es noch eine Kleinigkeit, die sich Probezeit nannte.

Erschöpft richtete ich mich auf und griff in die Tasche meines Cardigans, um mein Handy herauszuziehen. Dann öffnete ich die App für meine Mails und rief jene auf, die ich *Parker&Scott* vor sechs Monaten geschickt hatte. Im Anhang war mein Motivationsschreiben. Ich hatte es nicht gelöscht, weil ich immer wieder darin las, um mich selbst daran zu erinnern, warum ich das tat. Mit zitternden Fingern rief ich das Dokument auf und flog über die Zeilen, bis ich den Abschnitt fand, den ich gesucht hatte.

Die Frage, die wir in unserem Motivationsschreiben beantworten sollten, lautet: Wo sehen Sie sich in zehn

Jahren und welche Rolle spielt Parker&Scott auf diesem Weg?

Die Antwort auf den ersten Teil der Frage ist nicht leicht. Wo sehe ich mich in zehn Jahren? Als Kind hätte ich Ihnen ohne zu zögern eine Antwort geben können. Aber heute weiß ich, dass meine Zukunft von mehr abhängt als von dem, was ich mir wünsche.

Wenn alles gut geht, sehe ich mich in zehn Jahren in meiner eigenen Unternehmensberatung. Dann hatte ich alle Chancen, meinen Wissensschatz zu erweitern und mir Fähigkeiten anzueignen, die mich in meinem nächsten Lebensabschnitt begleiten werden, und habe diese erfolgreich genutzt.

Dann stehe ich mit beiden Beinen in einem Beruf, der nicht nur mir, sondern auch meiner Familie ein sicheres und stabiles Leben ermöglicht.

Dort sehe ich mich in zehn Jahren, wenn alles gut geht.

Sollte hingegen nicht alles gut gehen, weiß ich nicht, wo ich sein werde. Die Möglichkeiten sind zahlreich.

Aber ich denke nicht, dass ich im Leben viele weitere Chancen erhalte, das bestmögliche Szenario für mich zu erreichen.

Womit wir zu der Antwort auf den zweiten Teil Ihrer Frage kommen.

Welche Rolle spielt Parker&Scott auf Ihrem Weg?

Ohne Sie gibt es das erste Szenario nicht.

Ein Praktikum in Ihrem Haus ebnet mir den Weg für die Zukunft, die ich anstrebe. Deswegen gewinnen Sie mit mir eine Praktikantin, die stets engagiert und aufopfernd bei der Sache ist. Die keine Mühen scheuen und hart arbeiten wird, um Sie zufriedenzustellen.

Weil ich in Ihnen den Partner an meiner Seite hätte, der mich auf eine Reise vorbereitet, die ich ohne Sie nicht antreten könnte.

Das, so hatte die Leiterin der Personalabteilung mir während unseres Skype-Interviews mitgeteilt, war der Abschnitt gewesen, der die Chefs von mir überzeugt hatte. Er war emotional, ehrlich und untypisch, wodurch ich aus der Masse der Bewerber hervorgestochen war.

Ich hatte nur einen Tag gebraucht, um das Versprechen, das ich in dem Motivationsschreiben gegeben hatte, zu brechen. Das ich mir selbst gegeben hatte, zu brechen.

Bevor ich nach New York gekommen war, zeigte ich mich fest entschlossen, das Beste aus meinem Leben zu machen und den Weg zu gehen, der für Mom und mich der richtige war. Wir brauchten dieses Praktikum, damit ich die Chance auf eine Zukunft hatte, in der ich uns beide versorgen konnte.

Aber jetzt stand ich zwischen den Stühlen. Konnte weder auf das eine noch auf das andere verzichten. Ich *brauchte* das Geld, das ich beim Poledance verdiente. Anders konnte ich meine Miete nicht zahlen und müsste zurück nach Chicago. Nach ein paar Monaten, in denen ich unermüdlich Bewerbungen schrieb, würde ich bestimmt etwas bei einer Versicherung finden. Die suchten immer Verkäufer. Aber das würde mir nicht das Leben ermöglichen, das ein abgeschlossenes Praktikum bei einer renommierten Unternehmensberatung wie *Parker&Scott* mir ermöglichte. Mit diesen Referenzen konnte ich mich überall bewerben. Sogar im Ausland.

Doch allmählich wurde mir eine Sache klar. Ich konnte nicht beides haben. Wenn ich am Job in der Bar festhielt, verlor ich mein Praktikum. Wenn ich auf den Job verzichtete, konnte ich es mir aber nicht leisten. So oder so, meine Situation ließ sich nicht mit meinen Wünschen vereinbaren. Im Idealfall wäre nie jemand dahintergekommen, dass ich im *Wild Lady* tanzte. Aber Adams Anwesenheit dort hatte meine Zukunftspläne in Schutt und Asche gelegt.

Ich war nicht einmal dazu fähig, richtigen Einfluss auf die Lage zu nehmen. Denn aus finanziellen Gründen konnte ich mich nicht für meine Zukunft entscheiden.

Als ich zwanzig Minuten später in unserem Gemeinschaftsbüro ankam, sah ich mich mit Olivias fragendem Blick konfrontiert. Trotz der frischen Luft hatte ich mich nicht beruhigen können. Mein Kopf musste knallrot sein, denn ich spürte förmlich, wie mir die Hitze aus den Ohren quoll.

Wenigstens war Nicolas nicht da. Vermutlich machte er gerade Pause. Auf jeden Fall war ich froh, dass er nicht mitbekam, wie aufgebracht ich war.

»Das war aber eine lange Pause«, begrüßte Olivia mich schnippisch. »Während du überzogen hast, habe ich zwei Akten abgearbeitet.«

Am liebsten wäre ich über den Tisch gesprungen, hätte sie an ihrem perfekten roten Haarschopf gepackt und so lange daran gezogen, bis ihr die Extensions ausrissen. Überzogen? Ich hatte nicht einmal die Gelegenheit gehabt, etwas zu essen. Allerdings war mir der Appetit auch vergangen.

»Mr. Scott hat mich zu sich bestellt«, erwiderte ich nicht weniger bissig. »Meine Pause ist daher ins Wasser gefallen.«

Olivia zuckte unbeeindruckt mit den Schultern. »Was wollte er? Ich dachte, wir arbeiten für Mr. Parker, nicht für ihn.«

Verdammt. Ich konnte ihr wohl schlecht den wahren Grund des Gesprächs nennen, daher musste ich mir schnell eine Ausrede einfallen lassen.

»Meine Unterlagen waren nicht vollständig«, log ich das Erstbeste, was mir einfiel. »Einige Daten haben gefehlt, und er bat mich, sie zu ergänzen.«

Ich war stolz auf mein Improvisationstalent, bis ich Olivias bösartigen Gesichtsausdruck sah.

»Haben Sie euch auf der *Chicago State University* nicht beigebracht, wie man Personalbögen vollständig ausfüllt?«, fragte sie hämisch. Ich knirschte wütend mit den Zähnen und ließ mich auf meinen Schreibtischstuhl fallen.

»Und in Harvard unterrichten sie euch offensichtlich nicht darin, Freunde zu finden«, konterte ich genervt und wandte mich von ihr ab. Die Unterhaltung mit ihr ermüdete mich, und ich wusste nicht, weswegen Olivia mir schon am zweiten Tag eine solche Feindseligkeit entgegenbrachte.

»Ich bin nicht gekommen, um Freunde zu finden, Dummerchen«, klärte sie mich hochnäsig auf. »Sondern um einen Job zu ergattern. Sag bloß, du wusstest nicht, dass einer der Praktikanten übernommen wird.«

Erstaunt sah ich sie an. Volltreffer. »Ich dachte, dass wir alle für ein Jahr hier sind und uns mit der Referenz woanders bewerben.«

Olivia grinste mich an, als wäre ich ein dummes Kind. »Begreifst du denn nicht? Sie *wollen*, dass du das denkst. Denn wer weiß, worum es geht, gibt sich automatisch mehr Mühe. So können sie uns besser beobachten und beurteilen. Aber meine Quellen sind zuverlässig, was das angeht. Einer bekommt einen unbefristeten Arbeitsvertrag.«

Bei der Nachricht sackte ich in meinem Stuhl zusammen. Also spielten Adam und Finn ein falsches Spiel mit ihren Praktikanten, um sich den besten herauszupicken? Ich konnte nicht anders, als dieses Vorgehen als linke Nummer zu empfinden. Wieso spielte man nicht mit offenen Karten? Aber wenn man so erfolgreich war wie *Parker&Scott*, scherte man sich vermutlich nicht viel um solche Dinge.

»Und die anderen beiden?«, fragte ich zögernd. Mein Mund fühlte sich plötzlich staubtrocken an.

»Die anderen müssen gehen. Manche halten nicht einmal ein Jahr durch. Wer ihren Ansprüchen nicht genügt, wird gnadenlos abgesägt«, teilte Olivia mir schadenfroh mit.

Ihre Worte brannten sich in mich wie Säure. Ich wandte mich von ihr ab und starrte auf meine Hände.

Mit einer davon hatte ich Adam eine Ohrfeige verpasst und damit offensichtlich mein eigenes Schicksal besiegelt. Dabei wäre ein unbefristeter Vertrag bei *Parker&Scott* genau das, was ich so dringend brauchte. Was nun mit einer solchen Gewissheit auf mich niederprasselte, dass ich unter der Last zusammensackte und den Kopf in die Hände stützte.

Durch mein impulsives Verhalten hatte ich die Chance verspielt, Adam alles zu erklären und vielleicht sein Verständnis zu gewinnen. Ich hatte mich von seiner Wut und seinen verletzenden Worten provozieren lassen, hatte mich in die Ecke gedrängt gefühlt und das Bedürfnis gehabt, mich zu verteidigen. Was dumm gewesen war, denn in meiner Situation konnte ich froh sein, überhaupt noch hier zu sitzen.

Ein Wort von Adam und ich säße im Bus auf dem Heimweg nach Chicago. Schlagartig ging es nicht mehr darum, ob Adam Scott mich verurteilte, sondern um meine Zukunft. Ihm aus dem Weg zu gehen, würde nicht funktionieren. Ich musste das Gespräch mit ihm suchen, ruhig und besonnen, und ihm erklären, warum der Job im *Wild Lady* so wichtig für mich war. Wie viel davon abhing. Und dann konnte ich nur hoffen, dass er es verstehen, und mir eine zweite Chance geben würde.

Als ich am späten Abend mit hängenden Schultern die Treppen zu unserer Wohnung im dritten Stock hinaufschlurfte, fühlte ich mich, als hätte New York mich geschluckt, auf mir rumgekaut und mich unverdaut ausgespuckt. Mein Neuanfang war das reinste Chaos. In weniger als achtundvierzig Stunden hatte ich es geschafft, alles zu gefährden, worauf ich in den letzten Monaten hingearbeitet hatte.

Noch bevor ich die Haustür aufschloss, wehten mir Janes und Cosimas Stimmen aus dem Inneren entgegen. Ein schwaches Lächeln stahl sich auf mein Gesicht. Ich hatte die beiden seit unserer Ankunft nicht mehr gesprochen und freute mich auf einen gemeinsamen Abend. Der würde mir helfen, meine Gedanken zu ordnen. Meine Freundinnen hatten seit jeher eine beruhigende Wirkung auf mich. Sie waren mein sicherer Hafen.

»Hey, Mädels, was riecht hier so köstlich?«, begrüßte ich sie und entdeckte Jane, die am Herd stand und kochte, während Cos mit dem Handy in der Hand auf der Couch lümmelte. Ich schloss die Tür, legte meine Handtasche auf dem Boden ab und ging zu Jane, um über ihre Schulter in die Kochtöpfe zu spähen.

Sie trug noch immer ihre Arbeitskleidung. Der schwarze Bleistiftrock schmiegte sich perfekt an ihre schlanken Beine. Darüber trug sie eine kurzärmlige weiße Bluse. Ihre wirren, strohblonden Locken wurden von einem Haargummi gebändigt. Wenn ich Jane ansah, erinnerte sie mich immer wieder an Baby aus Dirty Dancing. Und sie glaubte mindestens genauso sehr an das Gute in jedem Menschen.

»Nichts Besonderes«, sagte sie. »Nur Spaghetti mit Tomatensoße und Käse.«

»Klingt köstlich«, schwärmte ich und fügte besorgt hinzu: »Ist alles okay?«

Zwischen ihren Augenbrauen hatte sich eine steile Falte gebildet, die Jane nur bekam, wenn sie verärgert war. »Ist auf der Arbeit etwas vorgefallen?«

»Alles in bester Ordnung«, antwortete sie fröhlich, rührte jedoch so aggressiv in der Tomatensoße, dass ich ihr vorsichtshalber den Löffel abnahm.

»Das sieht aber nicht so aus«, bohrte ich nach und übernahm das Kochen, während Jane sich mit den Händen über das Gesicht fuhr.

»Es ist nur mein Chef. Er ist so … aaargh«, machte sie wütend und raufte sich die Haare. »Ich könnte ihn …« Sie presste die Hände zu Fäusten und wusste nicht wohin mit ihrer Wut. Ich musste mir ein Grinsen verkneifen. Jane war nicht der Typ für Schimpfwörter. Was ihr Chef angestellt haben musste, um sie in diesen Zustand zu versetzen, war mir ein Rätsel.

»Willst du darüber reden?«, bot ich an. Sie schüttelte den Kopf, nahm mir den Löffel aus der Hand und schob mich mit der Hüfte vom Herd weg. »Nein, alles gut. Ich will nicht über diesen Idioten nachdenken.« Ich runzelte die Stirn, denn ich glaubte nicht, dass das die richtige Methode war, aber wenn sie nicht reden wollte, würde ich meine Freundin nicht dazu drängen. Sobald sie bereit war, sich zu öffnen, käme sie zu mir. Was bei Jane für gewöhnlich eine Weile dauerte. Von uns dreien war sie die Verschlossenste.

»Was ist mit Cos?«, fragte ich mit einem Kopfnicken in Richtung der Couch, wo Cosima über ihr Handy gebeugt war und stöhnte.

»Alles gut«, beteuerte Jane. »Der Neustart in New York bereitet ihr mehr Schwierigkeiten als uns, sie hat Selbstzweifel. Aber wir haben das geklärt.«

Für die rastlose Cosima musste es schwer sein, ohne richtige Aufgabe in einer neuen Stadt zu sein. Ihre Uni würde erst in einem Monat beginnen, und Jane und ich waren nicht oft zu Hause, um ihr Gesellschaft zu leisten. Hoffentlich fand sie eine gute

Beschäftigung, mit der sie die Zeit totschlagen konnte.

»Kannst du den Tisch decken?«, bat Jane mich und ich bejahte.

Erst jetzt bemerkte ich, dass fast alle Kartons mit Küchenutensilien ausgepackt worden waren. Es standen kaum noch welche im Weg. Während ich gestern Abend in der Bar gearbeitet hatte, mussten meine Freundinnen unermüdlich an der Wohnung weitergewerkelt haben. Sofort packte mich das schlechte Gewissen, dass ich sie mit dieser Aufgabe allein gelassen hatte. Nach dem Essen würde ich auch ein paar Kartons ausräumen.

»Du bist gestern spät heimgekommen«, sprach Jane in diesem Moment eine große Befürchtung von mir an. Wie sollte ich meinen Freundinnen den Job im *Wild Lady* verheimlichen, wenn ich jede zweite Nacht so spät nach Hause kam?

»Wir haben einen Stammtisch mit den anderen Praktikanten organisiert«, log ich und drehte Jane dafür den Rücken zu, damit sie mein gequältes Gesicht nicht sah.

»Ah, schöne Idee«, bemerkte sie und rührte weiter in ihrer Soße. Ich hörte, wie der Holzlöffel dabei an den Rand des Topfes schlug.

»Ja«, bestätigte ich und nutzte die Gunst der Stunde. »Morgen Abend wollen wir das wiederholen. Wahrscheinlich werden wir uns nach der Arbeit öfter auf ein paar Drinks treffen, um uns gegenseitig zu helfen.«

Während ich log, dachte ich voller Ironie daran, dass Olivia sich eher ein Bein abhacken würde, als mir zu helfen. Aber Jane wusste nicht, was für eine Bitch sie war, und kaufte mir meine Lüge ab. Schon wieder.

»Das ist aber nett von ihnen«, sagte sie und wirkte bereits, als wäre sie nicht mehr ganz bei der Sache.

Ich machte mich daran, den Tisch zu decken, der ebenfalls ein Überbleibsel vom Vormieter war. Wir hatten freudig alles genommen, was er dalassen wollte. Währenddessen warf ich Cosima besorgte Blicke zu. »Cos, alles okay bei dir?«, fragte ich.

Sie hob den Kopf, sah mich verzweifelt aus ihren blauen Augen an und sagte: »Alles super. Ich bin total am Arsch, aber alles super.«

Dann widmete sie sich wieder ihrem Handy, und Jane und ich tauschten wissende Blicke aus. Cosima hatte ein Talent dafür, sich in die unmöglichsten Situationen zu bringen. Das lag daran, dass sie das Leben lockerer anging als andere Menschen. In den letzten Jahren war sie viel um die Welt gereist. Sie ging dorthin, wo es sie gerade hinzog, und tat, wonach ihr der Sinn stand. Ohne viel nachzudenken. Ohne Konsequenzen zu erwägen. Wir liebten sie genau deswegen, denn es machte sie zu etwas Besonderem. Führte aber auch dazu, dass sie öfter als Jane und ich in der Patsche steckte.

Jane schöpfte die Nudeln im Sieb ab und verteilte sie schließlich auf drei Portionen. Danach bedeckte sie die Spaghetti mit Tomatensoße und reichlich Käse und stellte die Teller auf dem Tisch ab. »Essen ist fertig«, rief sie in Cosimas Richtung, die sich aufrappelte und kam, das Handy jedoch nicht aus der Hand legte. Seufzend streute ich noch mehr Käse auf mein Essen und ließ mich auf einen der unbequemen Holzstühle fallen. Ich beobachtete meine Freundinnen, die schweigend über ihre Teller gebeugt dasaßen und aßen. Sie erweckten nicht den Anschein, als wollten sie reden. Also hing ich ebenfalls meinen Gedanken nach. Nach dem Essen fühlte ich mich noch erschöpfter. Morgen, das nahm ich mir fest vor, würde ich das Gespräch mit Adam suchen und alles klären.

Kapitel -7-

Charly

Mein Vorhaben, am Mittwoch mit Adam zu reden, erwies sich als unmöglich. Denn er war nicht da. Den ganzen Tag suchte ich nach ihm, bis ich von Vince erfuhr, dass er das Gebäude heute nicht betreten hatte. Er war auf einem Außentermin. Eine Info, die dafür sorgte, dass mir der Magen bis in die Kniekehle sank. Die Aussicht, die Angelegenheit von gestern klären zu können, hatte mir die nötige Motivation gegeben, das Bett am Morgen zu verlassen. Der Drang, mir die Decke über den Kopf zu ziehen und mich meinem Schicksal mit Eiscreme und Käsecrackern zu ergeben, war enorm gewesen. Aber wie es aussah, hatte ich mich umsonst herbemüht und mir unterwegs Mut zugeredet. Adam würde heute nicht mehr ins Büro kommen, womit meine Chance verflog, irgendwas mit ihm zu klären. Die Tatsache, dass ich etwas so Wichtiges aufschieben musste, schlug mir aufs Gemüt. Den ganzen Tag über hatte ich mich unausstehlich gefühlt.

Erst Cash, die mich am Abend freudig in der Garderobe des *Wild Lady* begrüßte, konnte meine Laune heben. »Du bist früh dran«, sagte sie. »Und siehst erschöpft aus.« Sie stand vor einem bodenlangen Spiegel und kontrollierte ihr Outfit. In der Hand hielt sie einen Cocktail.

»Ich bin auch müde«, gestand ich und fühlte mich, als könnte ich im Stehen einschlafen. Ich legte meine Tasche auf dem pinken Sofa ab und setzte mich auf einen Hocker, der zu einem großen Schminktisch gehörte.

»Hier«, meinte Cash und reichte mir ihr Glas rüber. »Hibiskus Margherita. Das wird dich aufmuntern.«

Dankbar nahm ich es entgegen und trank einen großen Schluck. Nur um direkt das Gesicht zu verziehen. »Der ist stark«, stieß ich mit erstickter Stimme hervor.

»Trinkst wohl nicht oft«, spottete Cash.

Ich schüttelte den Kopf. Um Alkohol hatte ich lange einen großen Bogen gemacht. Selbst heute genoss ich jeden Schluck mit Vorsicht.

Cash seufzte. »Wir müssen dir irgendwie die Müdigkeit aus dem Gesicht schminken. Heute Abend sind eine Menge wohlhabender Gäste im Publikum, und Augenringe sorgen nicht dafür, dass die Scheine locker sitzen.«

Sie zog sich einen zweiten Hocker heran und setzte sich dicht vor mich, sodass sich unsere Knie berührten. Dann strich sie mir behutsam die Haare aus dem Gesicht.

»Lass mich nur machen und trink in Ruhe deine Margherita. Du siehst aus, als hättest du die dringend nötig.«

Ich lächelte und nahm einen weiteren Schluck, während ich Cash musterte. Sie war ebenfalls erst Anfang zwanzig. Trotzdem wirkte sie in ihrem Auftreten so selbstbewusst, als könnte sie es mit der ganzen Welt aufnehmen. Ich wusste nur wenig über sie. Das, was sie mir am Montagabend erzählt hatte. Sie hatte es nicht leicht gehabt. Trotzdem strahlte in ihren Augen eine Wärme, die dafür sorgte, dass ich mich bei ihr gut aufgehoben fühlte. Wenn Adam mich nicht feuerte und ich in New York blieb, könnten Cash und ich gute Freundinnen werden.

Womit ich bei meinem eigentlichen Problem war. Meinem Boss.

»Die Gäste heute Abend sind übrigens nicht nur wohlhabend, es sitzen auch erstaunlich viele attraktive Männer im Publikum«, bemerkte Cash und wackelte vielsagend mit den Augenbrauen.

Ich winkte ab. »Ich habe es nicht auf einen reichen Mann abgesehen. Nein, danke, ich habe genug Sorgen am Hals.«

Trotzdem konnte ich nicht verhindern, dass mein Herz bei ihren Worten schneller schlug. War Adam einer dieser reichen, attraktiven Gäste? Absurd.

Wieso sollte er herkommen, nachdem er offen gesagt hatte, was er von dem Laden hielt?

Cash rollte mit den Augen. »Süße, das Beste, was Mädchen wie uns passieren kann, ist ein heißer Kerl von der Upper Eastside. Wenn du es schaffst, so einen abzuschleppen und zu halten, erledigen sich deine Sorgen von selbst.« Sie rieb die Spitzen ihres Daumens und Zeigefinger aneinander. »Geld löst alle Probleme, Süße. Merk dir das. Wenn du schlau bist, legst du es drauf an.«

Zwei Stunden später stand ich aufgewärmt, geschminkt und umgezogen hinter der Bühne und wartete auf meinen Einsatz. Ich freute mich auf meinen Tanz, denn auf der Bühne konnte ich für ein paar Minuten alles andere vergessen. Und das brauchte ich gerade mehr denn je.

Als ich die Bühne betrat, applaudierte das Publikum. Normalerweise vermied ich es, mir die Gesichter der Leute anzusehen, bevor ich tanzte. Denn das steigerte meine Nervosität aus einem unerfindlichen Grund. Aber ein starkes Bauchgefühl zwang mich heute förmlich dazu, gegen meine eigene Regel zu verstoßen.

Verstohlen ließ ich meinen Blick durch den Raum schweifen, während ich mit eleganten Schritten die Bühne überquerte. Eine böse Vorahnung hatte sich in mir ausgebreitet. So lächerlich und irrwitzig, dass es nicht sein konnte. Aber dann entdeckte ich Adams breite Statur an der Bar und alle meine Befürchtungen wurden bestätigt. Warum war er gekommen? Und weshalb ließ seine bloße Anwesenheit mein dummes Herz höher schlagen?

Sein Blick traf meinen, so lodernd, dass ich leicht ins Stolpern geriet und mich mit beiden Händen an der Stange abfangen musste. Hinter der Bühne hörte ich Cash »Konzentriere dich« zischen.

Diesen Auftritt durfte ich auf keinen Fall vermasseln. Wie auch vor zwei Abenden begann ich meine Choreo mit dem Rücken zum Publikum. Was mir die Chance gab, mich von Adams Augen zu lösen. Trotzdem spürte ich, wie sie über meinen Körper glitten, als wären es seine Hände. Als die ersten Takte der Musik einsetzten, vertrieben sie meine Nervosität nicht wie sonst. Meine Bewegungen fühlten sich steif an. Die Stange fremd. Ich fing Cashs Blick auf, die sich hinter einem Vorhang an der Seite der Bühne befand, und wusste, dass auch sie es bemerkt hatte. Die Tatsache, dass ich gerade dabei war, meinen zweiten Job zu gefährden, jagte

Schweißperlen auf meine Stirn. In einer schnellen Drehung wirbelte ich herum, kam mit dem Gesicht zum Publikum in der Hocke auf dem Boden auf.

Ich wusste nicht, warum ich ausgerechnet zu *ihm* sah. Er zog mich magisch an. Bewundernd fuhr ich mit meinem Blick seine markanten Züge nach und erschauderte. Er war ein Bild von einem Mann. Groß. Gut aussehend. Stark. Es war nicht schwer, sich an das Gefühl seiner rauen Hände zu erinnern. Und plötzlich kamen die Bewegungen von ganz allein.

Ich nahm weder die Musik wahr noch das Publikum oder welche Choreografie genau ich tanzte. Es existierten nur Adam, ich und die Leidenschaft, die er mit einem einzigen Kuss in mir entflammt hatte. Jede Bewegung, die ich vollführte, war diesem Gefühl gewidmet. Irgendwann schloss ich die Augen und gab mich ganz der Sprache meines Körpers hin.

Als das Lied zu Ende war, die letzten Töne durch den Raum hallten, hörte ich das Applaudieren der Gäste kaum, so laut rauschte das Blut in meinen Ohren. Über ihre Köpfe hinweg suchte ich Adams Blick. Ich war kurz davor, meinen offenen Tanz zu bereuen, da sah ich den Ausdruck in seinen Augen. Es war derselbe, den er gehabt hatte, kurz bevor er mich küsste. Jener, der meine Knie weich und meinen

Verstand lahm werden ließ. Wie konnte ein Mann auf solch verschiedene Weisen auf mich wirken?

Gerne wäre ich sofort zu ihm gegangen, aber ich musste noch eine Weile tanzen, bevor ich fertig war. Als ich eine Weile später von der Bühne ging, hatte ich zum ersten Mal seit Langem das Gefühl, dass die Zeit während meiner Show nicht wie im Flug vergangen war.

Erschöpft und begleitet von den Jubelrufen des Publikums verschwand ich hinter den Vorhängen und machte Platz für die nächste Tänzerin. Cash kam mir mit einem luftigen dunkelblauen Seidenmantel entgegen und legte ihn mir um die Schultern. Sie trug dasselbe Modell in Rot.

»Du warst großartig«, beglückwünschte sie mich, dann zwinkerte sie vielsagend. »Der Kerl an der Bar konnte die Augen nicht von dir lassen. So besitzergreifend wie er dich angesehen hat, dachte ich, er stürmt jeden Moment auf die Bühne, um dich wie ein Neandertaler über seine Schulter zu werfen und wegzutragen.«

Ich lief rot an und wich schnell ihrem Blick aus. »Was? Wer? Das habe ich gar nicht mitbekommen.«

»Mhm«, machte Cash. »Schon klar. Komm her«, sagte sie dann, zog mich zu sich und richtete meine Haare, die beim Tanzen durcheinandergewirbelt worden waren. Dann fuhr sie mit dem Daumen unter meinem Auge entlang und wischte die Wimperntusche ab, die leicht verlaufen war. »So«, sagte sie nach getaner Arbeit. »Jetzt kannst du zu ihm.«

Sie scheuchte mich quasi in den Gastraum und ließ mir keine Gelegenheit, mich auf das Aufeinandertreffen mit Adam vorzubereiten. Als sie sich einige Schritte entfernt hatte, hörte ich sie etwas murmeln, das verdächtig nach »Von wegen, sie kennt ihn nicht« klang.

Er saß an der Bar, mit dem Rücken zu mir, was mir die Chance gab, ihn ungestört anzusehen. Das weiße Hemd, das er trug, betonte seine Muskulatur. In Gedanken fuhr ich mit den Fingern zwischen seinen Schulterblättern entlang, spürte seine Haut an meiner und vergrub meine Hände in seinem starken Rücken. Seine breiten Schultern wirkten angespannt, und ich stellte mir vor, wie ich sie mit federleichten Küssen zu lockern wüsste.

Als ich nur noch einen Schritt von ihm entfernt war, blieb ich stehen. Ich musste nicht auf mich aufmerksam machen, Adam drehte sich bereits zu mir um. Atemlos wartete ich, während seine dunklen

Augen über meinen Körper glitten und das Feuer in meinem Inneren anstachelten. Seine Hände waren zu Fäusten geballt, und ich wünschte mir, er würde mein Gesicht festhalten und küssen, wie er es gestern getan hatte. Dieses Mal, das wusste ich, würde ich ihn nicht von mir stoßen.

»Hallo«, grüßte ich schüchtern, mir überdeutlich bewusst, dass ich kaum etwas anhatte. Unsicher, wie dieses Gespräch sich entwickeln würde. Ich begehrte Adam körperlich auf eine Weise, wie ich nie jemanden zuvor begehrt hatte. Doch auch wenn ich mich liebend gerne in seine Arme gestürzt hätte, standen zu viele Hindernisse zwischen uns. Konflikte, die ich nicht ignorieren wollte.

»Das sah unglaublich aus«, sagte er mit tiefer Stimme, die sich wie ein Schauer über meinen Rücken legte. Ich spürte, wie ich bei seinem Kompliment errötete. Gleichzeitig irritierte es mich, hatte er am Vortag noch so schlecht von meiner Tätigkeit hier geredet.

Zu viele Hindernisse. Zu viele Konflikte.

»Danke«, murmelte ich verlegen. »Warum bist du gekommen?« Die Frage beschäftigte mich, seitdem ich sein Gesicht unter den Gästen erkannt hatte.

»Ich … «, setzte er zu einer Antwort an, presste die Lippen zusammen und ließ seinen Blick durch den

Raum schweifen, als könnte er die Antwort auf meine Frage irgendwo dort finden. »Ich weiß es nicht«, gestand er und sah mich an. In seinem Gesicht fand ich dieselbe Ratlosigkeit, wie ich sie fühlte.

»Ich wusste nicht, ob du hier sein würdest, aber ich musste es probieren.«

Ich wusste, was ich ihm zu sagen hatte. Was ich sagen musste. Seit unserem unglücklichen Streit dachte ich über kaum etwas anderes nach. Daher ergriff ich die Initiative.

»Können wir reden? Über gestern?«, fragte ich. »In Ruhe?«

Adam nickte und schien erleichtert. Ein Teil der Anspannung war aus seinen Schultern gewichen und seine Gesichtszüge wirkten weniger hart.

»Okay, dann gehe ich mich schnell umziehen«, sagte ich. Noch befangener als vor fünf Minuten entfernte ich mich von ihm. Seine Blicke im Rücken, ging ich in die Umkleidekabine und zog den Seidenmantel sowie das Set darunter aus, um schnell unter die Dusche zu springen. Warmes Wasser ergoss sich über meine steifen Muskeln, wärmte sie und half mir, mich zu entspannen. Ich wusste nicht, was dieser Abend bringen würde. Nur, dass er nicht so enden durfte wie unser letztes Aufeinandertreffen.

Kapitel -8-
Charly

Adam benahm sich wie der perfekte Gentleman. Er bot mir an, mich nach Hause zu fahren, hielt mir die Tür auf, als wir aus dem Club gingen, öffnete die Beifahrerseite seines Wagens für mich und half mir beim Einstieg. Dennoch fühlte ich mich von Minute zu Minute unbehaglicher. Adam versuchte einen professionellen Umgang mit mir zu wahren, aber das war in unserer derzeitigen Situation unmöglich. Er hatte mich halb nackt gesehen, mich geküsst und nun saß ich in seinem Auto. Im Normalfall waren das Dinge, die eine Mitarbeiterin nie mit ihrem Chef erlebte.

Seine Hände, die sich fest um das Lenkrad seines schnittigen Jaguars krampften, verrieten mir, dass ihm die Situation ähnlich schwerfiel. Die aufgeblähten Nasenflügel, wenn er ein Stöhnen unterdrückte, und seine angespannte Kieferpartie, immer dann, wenn er sich unbeobachtet wähnte.

»Du wohnst in Park Slope, richtig?«, vergewisserte er sich, obwohl er den Weg zur Brücke raus aus Manhattan bereits eingeschlagen hatte. Meine Adresse war ihm durch den Personalbogen längst bekannt.

»Ja«, sagte ich leise und ließ den Blick aus dem Fenster gleiten. Die Lichter der Stadt spiegelten sich in der Scheibe. Meine dritte Nacht in New York. Es fühlte sich wie ein Jahr an.

Als wir über die Brücke fuhren, glitzerte das Wasser angesichts der ganzen Beleuchtung. Die Stadt, die ich von tagsüber kannte, entwickelte nachts eine völlig andere Dynamik. Als wäre mit dem Untergehen der Sonne eine zweite Welt erwacht, in der alles möglich war. Als wären Pflichten und Aufgaben für ein paar Stunden vergessen und ganz New York würde tief Luft holen.

Als wir die Brooklyn Bridge passierten, erwartete ich, dass Adam mich auf direktem Weg nach Hause fahren würde. Stattdessen steuerte er den Park unter der Brücke an. Als er auf dem Parkplatz zum Stehen kam, sah ich ihn verwirrt an.

»Gehen wir ein Stück?«, fragte er. Ich nickte stumm und schnallte mich ab. Eine Weile gingen wir schweigend nebeneinanderher durch den Park, der um diese Uhrzeit fast menschenleer war. Bis wir zu einer Steinmauer kamen, vor der Adam stehen blieb. Von dieser Stelle aus hatte man den perfekten Blick über die Brooklyn Bridge, hinter der sich die Skyline von Lower Manhattan erstreckte. Selbst im Dunkeln waren die hohen Wolkenkratzer gut auszumachen.

Glitzernde Lichter spiegelten sich auf der dunklen Oberfläche des East Rivers.

»Es tut mir leid«, platzte es plötzlich aus mir heraus. Ich ertrug es nicht, mir länger Gedanken um die richtigen Worte und den perfekten Moment zu machen. Einfach raus damit, das war eher meine Art. Adam sah mich abwartend an. »Das von neulich«, fügte ich zögernd hinzu. »In deinem Büro.«

Er schwieg und mit jeder Sekunde wuchs meine Unbehaglichkeit.

»Mir tut es auch leid«, antwortete er schließlich. »Ich wollte dich mit meinen Worten nicht beleidigen und ich …« Er zögerte kurz. Offensichtlich kosteten ihn die nächsten Worte Überwindung. »Ich hätte dich nicht küssen dürfen. Damit wollte ich nicht den Eindruck erwecken, als hielte ich dich für leicht zu haben. Ich habe mich hinreißen lassen, was daran lag, dass du … Ich …«

Er stockte und sprach nicht weiter.

Wie es aussah, war das Adam Scotts Art, mir zu sagen, dass er mich geküsst hatte, weil er sich zu mir hingezogen fühlte.

»Schon okay«, erlöste ich ihn und wir verfielen beide in Schweigen. Nachdem wir uns entschuldigt hatten, wäre ein guter Zeitpunkt, die Angelegenheit mit ihm zu klären. Aber ich zögerte, denn ich hatte

Angst, was der Abend bringen würde. Dass meine Zukunft von Adams Entscheidung, von dem Verständnis, das er für meine Lage aufbringen konnte, abhing, wusste ich bereits.

»Wieso der Job im *Wild Lady?*«, wollte er nach einer Weile wissen.

»Weil ich Geld brauche und weil ich eine gute Tänzerin bin«, antwortete ich und brachte es damit knapp auf den Punkt.

»Es gibt andere Jobs«, bohrte Adam nach. »Du hättest dich für jeden beliebigen entscheiden können.«

»Ach ja?«, machte ich und sah ihn skeptisch an. »Welche Jobs wären das deiner Meinung nach? Denn ich kann nur nachts arbeiten. Tagsüber musste ich zur Schule, studieren oder ein Jahrespraktikum absolvieren, damit ich mit meinem Abschluss von einem Community-College überhaupt eine Chance habe.«

Die Hände in die Hüften gestemmt, funkelte ich ihn herausfordernd an. Adam hatte mal wieder einen wunden Punkt getroffen. Ich hatte mir jahrelang den Kopf darüber zerbrochen, ob es nicht eine andere Möglichkeit für mich gäbe, als in Bars vor Besoffenen zu tanzen und dennoch genug Geld zu verdienen. Aber die gab es nicht, daher konnte ich es nicht leiden, wenn man mir unterstellte, dass ich den Job aus Bequemlichkeit machte.

Bei meinen Worten versteifte Adam sich neben mir, was mir ein befriedigendes Gefühl bescherte.

»Schule? So früh hast du mit dem Tanzen angefangen?«, fragte er entsetzt, und nun war ich es, die sich anspannte. Mit Cash offen über meine Vergangenheit zu reden, war einfach. Denn sie verstand mich, kam aus derselben Welt. Aber Adam … Wie sollte jemand, der behütet aufgewachsen war, ohne Geldsorgen, mit allen Chancen der Welt, meine Lebensentscheidungen nachvollziehen können?

»Das spielt keine Rolle«, antwortete ich ausweichend.

»Natürlich tut es das«, beharrte er. »Als du zur Schule gegangen bist, warst du noch ein Teenager. Du hättest eine Bar nicht einmal betreten dürfen. Charlotte, dich in diesem Alter tanzen zu lassen, ist eine Straftat!«

Er klang so entrüstet, dass ich fast laut auflachen musste. »Eine Straftat?«, wiederholte ich verständnislos. »So sieht es für dich aus. Aber für mich war es der entscheidende Punkt, an dem sich mein Leben verändert hat.«

Ich wandte mich wütend ab und ging weiter. Adam folgte mir, bis er mich eingeholt hatte. »Warum?«, fragte er, doch ich schüttelte bloß den Kopf. Ich wollte nicht darüber reden.

»Hör zu«, sagte ich ruhig und versuchte meinen Ärger zu unterdrücken. Ich hatte mir fest vorgenommen, dieses Gespräch nicht so aus dem Ruder laufen zu lassen wie neulich. »Es tut mir leid, dass es beim letzten Mal so gelaufen ist. Ich weiß auch, dass du möchtest, dass ich den Job an den Nagel hänge, aber das kann ich nicht. Es ist nicht möglich. Und wenn du mich zwingst, muss ich es darauf ankommen lassen.«

»Das heißt?«, fragte er und hielt mich am Arm fest, damit ich stehen blieb.

»Das heißt«, sagte ich ruhig und suchte den Blick seiner dunklen Augen. Sofort wurden meine Knie weich, was die nächsten Worte noch schwerer über meine Lippen kommen ließ. »Dass ich nicht kündigen werde. Weder im *Wild Lady* noch bei *Parker&Scott.* Wenn, dann musst du mich rauswerfen.«

Ich hielt seinem Blick stand, auch wenn es mich all meine Willenskraft kostete, und wartete auf seine Reaktion. Mein Traum vom Neuanfang in New York konnte hier und jetzt ein Ende finden. Ein Wort von Adam genügte. Dennoch wusste ich, dass ich nichts anderes hätte tun können. Ich brauchte den Job bei Dimitri. Ohne das Geld konnte ich meinen Aufenthalt nicht finanzieren. Außerdem, was viel wichtiger war, könnte ich meine Mutter dann nicht mehr unterstützen.

»Bist du dir sicher, dass das deine letzte Entscheidung ist?«, fragte Adam hart und jegliche Wärme, die in seinem Blick gelegen hatte, war verschwunden. »Du willst es dir nicht anders überlegen?«

Er sah mich an, als hoffe er, dass ich zur Vernunft käme. Gott, wie sehr ich mir wünschte, ich könnte einfach *Ja* rufen und alles wäre gut. Ein Hindernis weniger, das zwischen Adam und mir stünde. Stattdessen zog ich die Barriere weiter hoch.

»Nein«, antwortete ich mit fester Stimme. »Das werde ich nicht.«

Adam maß meinen Körper mit kaltem Blick. Als er bei meinem Gesicht ankam, konnte ich seine Antwort an seinen harten Zügen ablesen.

»Dann lässt du mir keine andere Wahl.«

Ich nickte. Es kam, wie es kommen musste. Nach drei Tagen fand mein Traum in New York ein schnelleres Ende, als ich mir hätte vorstellen können. Adam trug keine Schuld daran, dass unsere Welten so unterschiedlich waren. Er tat das, was seiner Meinung nach das Richtige war.

»Leb wohl«, flüsterte ich, drehte mich um, ohne ihm noch mal in die Augen zu sehen, und ging. Ich vergoss weder eine Träne noch bedauerte ich meine Entscheidung. So war ich nicht. Wieso das Unvermeidbare beklagen? Stattdessen konzentrierte ich mich darauf, wie es weitergehen sollte. Und wie ich meinen Freundinnen am schonendsten mitteilte, dass ich New York schon morgen verlassen würde.

***

Adam

Ich konnte es nicht fassen. Sie ging. Einfach so. Ohne zu bitten, ohne zu weinen. Sie drehte sich nicht einmal zu mir um, und ich begriff, dass ich diesen Willenskampf von Anfang an verloren hatte. Ich könnte sie gehen lassen, morgen früh ins Büro fahren und Finn erklären, was sich zugetragen hatte. Er würde meine Entscheidung unterstützen, mir einen Kaffee anbieten und nach fünf Minuten wäre die Sache vergessen. Also warum, warum verdammt setzten meine Beine sich dann wie ferngesteuert in Bewegung und folgten Charlotte? Als ihre zierliche Gestalt hinter einer Biegung verloren ging, wusste ich, dass ich sie nicht auf diese Weise aus meinem Leben verschwinden lassen wollte.

Ich dachte an ihr Motivationsschreiben. Rief mir die ehrlichen Worte dieser Frau in den Kopf, die mich beeindruckt hatten, noch bevor ich sie kennenlernte. Sie hatte ganz offen zugegeben, welche Bedeutung ein Praktikum bei uns für sie haben würde. Für ihr Leben. Auch wenn es geschäftlich die bessere Entscheidung gewesen wäre, konnte ich sie dieser einmaligen Gelegenheit nicht berauben.

»Charlotte«, rief ich, als sie in meinem Blickfeld auftauchte. »Warte.«

Sie drehte sich zu mir um. Ihre Augen wirkten müde. »Was?«, fragte sie schwach.

»Geh nicht«, bat ich, erreichte sie und griff nach ihrer Hand. Ich wollte sie an mich ziehen und meine Lippen auf ihre legen. Dabei erinnerte ich mich noch zu gut an das Desaster, das ich beim letzten Mal mit diesem Wunsch ausgelöst hatte. Daher begnügte ich mich damit, sie zur nächsten Parkbank zu führen. Als wir uns setzten, sah sie nicht mich, sondern unsere ineinander verschlungenen Hände an.

»Erkläre es mir«, bat ich ruhig. Ignorierte den Aufruhr, den ihre zarte Haut an meiner verursachte. »Ich will dir die Chance, die ein Praktikum bei uns bietet, nicht nehmen, aber dafür muss ich es verstehen.«

Das redete ich mir ein. Die Tatsache, dass diese Frau unerklärliche Gefühle in mir weckte, ignorierte ich. Als ihr Chef durfte ich dem nicht auf den Grund gehen.

Charlotte seufzte. »Ich rede nicht gerne darüber«, gestand sie.

»Warum nicht?«

»Ist das nicht offensichtlich?« Sie sah mich an, als läge die Antwort auf der Hand. »Du bist reich, Adam. Du hast ein völlig anderes Leben gelebt und kannst es nicht verstehen.«

Ich lächelte nachsichtig über ihre Worte. »Wie kommst du darauf? Was macht dich so sicher?«

»Du hast in Harvard studiert und direkt nach dem Studium deine eigene Firma gegründet. Wie sonst sollte das möglich sein?«, begründete sie ihre Aussage.

Dieses Mal lachte ich laut und fuhr mir mit der Hand durch die Haare. Charlotte warf mir einen halb verärgerten, halb verwirrten Blick zu. »Komm«, sagte ich und zog sie mit mir. »Lass uns gehen. Es wird allmählich kalt.« Ihr Zittern war mir nicht entgangen, und ich wusste, dass in der Nähe ein Vierundzwanzig-Stunden-Diner war. »Wir reden woanders weiter.«

Kapitel -9-

Charly

Das Diner, in das Adam mich führte, entsprach in keiner Weise dem Bild, das ich von ihm hatte. Wenn ich ihn mir in seiner Freizeit vorstellte, sah ich ihn in teuren Restaurants, die winzige Speisen servierten und horrende Preise nahmen. Wo er Leute traf, die von seinem Stand waren und mit denen er kultivierte Gespräche führte. Nicht in einem altmodischen, leicht in die Jahre gekommenen Diner. Es war schlicht, mit gelb-weiß gestreiften Sitzmöbeln, alten Holztischen und einem älteren Herrn, der mit einer vollen Kaffeekanne zwischen den Tischen herumlief und den wenigen Gästen Kaffee nachschenkte. Kaum hatten wir uns in eine der hinteren Ecken gesetzt, kam er mit zwei schlichten weißen Tassen an unseren Tisch und befüllte sie.

Ich liebte die traditionellen Diner, in denen das noch automatisch gemacht wurde. Meiner Meinung nach sorgte das für eine heimischere Atmosphäre.

»Danke«, sagte ich und nahm das warme Getränk entgegen. Mein dünner Cardigan war eindeutig zu kalt für den New Yorker Herbst.

»Möchten Sie etwas bestellen?«, fragte der alte Mann und wir schüttelten den Kopf. »Wenn Sie später etwas brauchen, rufen Sie einfach nach mir. Die Küche hat die ganze Nacht geöffnet.«

Dann ging er und ließ uns allein.

»Ich konnte nach Harvard gehen, weil ich ein Vollstipendium bekommen habe«, nahm Adam unser Gespräch nahtlos auf. »Ich komme aus einer Arbeiterfamilie. Meine Eltern hätten sich die Studiengebühren niemals leisten können. Aber meine Noten waren stets hervorragend und meine Lehrer haben mir gerne Empfehlungsschreiben ausgestellt. Um auf Nummer sicher zu gehen, habe ich in den Ferien freiwillige Praktika absolviert und mich ehrenamtlich betätigt. Alles in allem konnte ich mich mit einem guten Gesamtpaket bewerben und hatte Erfolg. Dasselbe würde ich gerne auch anderen ermöglichen, deswegen haben wir das Praktikantenprogramm für unsere Firma ins Leben gerufen.«

Ich hörte ihm zu und schämte mich für meine Behauptung von vorhin. Es hatte geklungen, als hätte Adam es im Leben leicht gehabt. Dabei war es unheimlich schwer, ein Vollstipendium zu bekommen. Und dann für Harvard. Seine Noten mussten mehr als hervorragend gewesen sein.

»Und die Firma?«, fragte ich, weil das dennoch nicht erklärte, wie er die enormen Investitionen hatte tätigen können, die für eine Unternehmensberatung im Stil von *Parker&Scott* nötig waren.

»Ich habe das Geschäftskonzept bereits während des Studiums entwickelt«, antwortete Adam und nahm einen Schluck von seinem Kaffee, ohne Milch und Zucker dazuzugeben, die auf jedem Tisch bereitstanden. »Kurz vor meinem Abschluss habe ich es Finn gezeigt. Wir waren gute Freunde und er war sofort Feuer und Flamme. Dank meiner Praktika konnte ich schon damals nützliche Kontakte vorweisen. Die Investition von Finns Eltern ermöglichte es uns, direkt nach dem Studium loszulegen.«

»Verstehe«, murmelte ich. Adam war ein guter Kerl. Das war er wirklich. Und er hatte ein reines Herz.

»Jetzt du. Warum Poledance?«

Ich wollte ihm die Frage nicht beantworten, rang mich aber dazu durch. Wenn Adam sich schon die Mühe machte, mich besser zu verstehen, musste ich ihm zumindest etwas zurückgeben. Vielleicht konnte ich meinen Praktikumsplatz noch retten. Ich seufzte und überlegte, wo ich am besten anfing.

»Mein Dad hat uns verlassen, als ich zehn war«, entschied ich und bereute es, als ich Adams mitleidigen Blick sah. Genau das hatte ich nicht gewollt. »Keine Sorge, das war das Beste, was uns hätte passieren können«, fuhr ich daher schnell fort. »Er war kein besonders toller Vater. Er war arbeitslos, hat viel getrunken und meiner Mom regelmäßig Geld aus dem Portemonnaie geklaut, um es zu verspielen. Geld, das uns später für Lebensmittel gefehlt hat. Es war besser für uns, dass ihm die Verantwortung für eine Familie irgendwann zu viel wurde. Danach hat meine Mom Tag und Nacht geschuftet, um seine Spielschulden zu bezahlen. Eine Zeit lang standen jede Woche irgendwelche Kerle vor der Tür und behaupteten, mein Vater hätte sich etwas von ihnen geborgt und es vor seiner Abreise nicht zurückbezahlt. Ich glaube, dass viele von ihnen gelogen und unsere Situation ausgenutzt haben. Aber es waren keine Leute, mit denen man viel diskutiert. Also hat Mom alles darangesetzt, genug Geld zu verdienen.«

Ich erinnerte mich noch gut an die Zeiten. Ich war morgens allein aufgestanden, hatte mich für die Schule fertig gemacht und mein Pausenbrot selbst geschmiert. Mittags war ich in eine leere Wohnung gekommen, hatte meine Hausaufgaben erledigt, manchmal geputzt und um neunzehn Uhr mit dem Abendessen angefangen. Damit es nicht so still war, ließ ich den Fernseher nebenbei laufen. Ich versuchte, so lange wach zu bleiben, bis meine Mom nach Hause käme, aber irgendwann fielen mir auf der Couch die Augen zu. Wenn ich am nächsten Morgen aufwachte, lag ich zugedeckt in meinem Bett, aber Mom hatte das Haus längst verlassen.

»Sobald ich alt genug war, suchte ich mir einen Nebenjob. Bei all den Schulden blieb kaum Geld für Schulsachen, Klamotten oder meinen Ballettunterricht. Also trug ich Zeitungen aus, half in Supermärkten und bezahlte diese Dinge selbst.«

Ich sah Adam an und war froh, dass er einen halbwegs neutralen Gesichtsausdruck aufgesetzt hatte.

Ich atmete einmal tief durch und gab drei Löffel Zucker in meine Kaffeetasse. Dann rührte ich gedankenverloren darin herum, ohne einen Schluck zu nehmen. Ich sprach mehr zu mir selbst als zu ihm.

»Mir wurde schnell klar, dass das nicht ausreichte. Ich war alt genug, um zu begreifen, dass meine Mutter so nicht ewig weitermachen konnte. Drei Jobs zerrten an ihren Kräften. Und meine Zukunft sah nicht besser aus. Ich wusste, wenn ich es nicht an eine Uni schaffen würde, erwartete mich dasselbe Schicksal wie sie. Irgendwie musste ich mehr Geld verdienen, und da ich schon immer eine gute Tänzerin gewesen war, war es die naheliegendste Option. Ich verdiente am Abend bis zu zweihundert mit Trinkgeld. Konnte auf die *University of Chicago* gehen und Wirtschaft belegen. Es blieb sogar genug übrig, damit meine Mom zwei ihrer drei Jobs kündigen konnte. Jetzt kennst du die ganze Geschichte«, endete ich und trank etwas von meinem Kaffee. Vom Erzählen war mein Mund ganz trocken geworden. Außerdem musste ich Adam so nicht ansehen.

»Weiß sie es?«, fragte er. »Weiß deine Mom, woher das Geld kommt?«

Ich schüttelte den Kopf. »Es ist besser so. Sie denkt, dass ich nachts in einer Bar gekellnert und gutes Trinkgeld bekommen habe.« Dass mein Praktikum unbezahlt war, wusste sie ebenfalls nicht.

Adam meine Geschichte zu erzählen, fühlte sich kein bisschen erleichternd an, wie man es vielleicht annehmen könnte. Ich fühlte mich verletzlich. Angreifbar. Hätte die Worte am liebsten zurückgenommen. Aber einmal ausgesprochen, war das unmöglich. Der Mann, den ich erst seit drei Tagen kannte, den einzuschätzen mir so schwerfiel, wusste nun Geheimnisse, die ich selbst vor Jane und Cosima verborgen hatte. Wie würde er damit umgehen? Für den Moment schwiegen wir, sahen überallhin, nur nicht zueinander.

»Charlotte«, begann Adam nach einer Weile, und ich wünschte, er würde mich Charly nennen. »Ich will nicht, dass du *Parker&Scott* verlässt. Aus eigener Erfahrung weiß ich, welche Türen einem ein solches Praktikum öffnen kann. Es könnte dein Leben verändern und diese Chance will ich dir nicht nehmen.«

Ich atmete erleichtert aus. Mich von diesem Traum zu verabschieden, wäre mir unsagbar schwergefallen.

»Aber ich muss auch an meine Firma denken«, fuhr Adam fort und meine Erleichterung kippte um in eine böse Vorahnung. »Wenn irgendwer rausfindet, dass du im *Wild Lady* beschäftigt bist, dann bricht die Hölle los. Finn würde nicht billigen, dass der Ruf unserer Firma Schaden nimmt.«

»Nicht billigen«, wiederholte ich abfällig. Zwar verurteilte Adam mich nicht mehr, aber anscheinend hieß das nicht, dass er mich verstand. »Ich brauche seine Billigung nicht.«

»Doch, die brauchst du«, stellte er klar. »Wenn er dich rauswirft, kann ich nichts dagegen tun.«

Ich starrte ihn schockiert an. »Was ist mit dir?«, fragte ich traurig. »Hast du nicht auch ein Wörtchen mitzureden? Finn muss von der Sache nichts erfahren.«

Adam seufzte und fuhr sich mit der Hand durch die Haare. »Finn und ich sind Partner. Wir treffen alle Entscheidungen gemeinsam.«

»So wie ihr die Investition gemeinsam getätigt habt, die euch zum Verhängnis geworden ist?«

Ja, dank der geschwätzigen Olivia wusste ich solche Dinge. Wie es aussah, kannten ihre Eltern die richtigen Leute, und sie hatte sich vorab bestens über ihren neuen Arbeitsplatz und ihre Chefs informiert. Die meiste Zeit hörte ich nicht zu, wenn sie sich mit Nicolas unterhielt, aber hin und wieder schnappte ich einige Gesprächsfetzen auf.

»Woher weißt du das?«, fragte Adam misstrauisch.

Ich schnaubte verärgert. »Das spielt keine Rolle.«

Schweigend trank ich meinen Kaffee und versuchte, mich zu sammeln. Adam verdiente meine Wut nicht. Ihn traf keine Schuld, und er tat mehr für mich, als ich mir hätte erhoffen können. Ich durfte von ihm nicht verlangen, dass er zwischen mir und seiner Firma wählte. Wir kannten uns erst seit drei Tagen, und ich konnte nicht erwarten, dass jemand meine Zukunft über seine stellte, wenn ich nicht einmal bereit war, den Job im *Wild Lady* zu kündigen.

Innerlich verfluchte ich die Situation, in der ich feststeckte. Warum hätten die Dinge nicht anders laufen können? Wäre Adam mit seinen Kunden in eine andere Bar gegangen, säßen wir nicht hier. Bei so vielen Möglichkeiten, die Manhattan bot, war er ausgerechnet in den Laden marschiert, in dem ich arbeitete. Es fühlte sich an, als erlaubte das Universum sich einen bösen Scherz mit mir. Zuerst lockte es mich mit der Aussicht auf ein besseres Leben, und dann zertrümmerte es all meine Wünsche und zeigte mir, wo in der Welt mein Platz war.

Ich war erschöpft, und ich konnte den Gedanken nicht abschütteln, dass ich einen Kampf kämpfte, den ich nicht gewinnen konnte.

»Es tut mir leid, dass du meinetwegen solche Umstände hattest. Ich danke dir, dass du versucht hast, mir zu helfen«, sagte ich traurig an Adam gewandt. »Aber du gehörst zu *denen,* deswegen erwarte ich nicht, dass du meine Entscheidung nachvollziehen kannst.«

Ich spürte, wie mir nun doch die Tränen in die Augen stiegen. Bevor er es bemerken konnte, stand ich auf, warf ein paar Dollarscheine auf den Tisch und verließ das Diner mit schnellen Schritten, meine Handtasche fest an meine Seite gepresst.

»Charlotte, warte«, rief Adam und holte mich vor der Tür auf dem Gehweg ein. Die kühle Nachtluft legte sich wohltuend auf mein erhitztes Gesicht. »Was soll das heißen, zu denen?«, fragte er und hielt mich vom Gehen ab.

Ich deutete mit dem ausgestreckten Arm in Richtung Manhattan. Hier und dort blitzte zwischen den Hausdächern der Anblick eines Wolkenkratzers hindurch.

»Den Reichen, Adam. Du magst arm geboren worden sein, aber du bist einer von ihnen geworden.« Das zu sagen, erfüllte mich mit tiefer Traurigkeit. Denn in der letzten Stunde hatte ich zu hoffen gewagt, dass Adam und ich gar nicht so verschieden waren.

»Du tust so, als kämen wir aus unterschiedlichen Welten«, sprach er das Offensichtliche aus. »Aber so ist es nicht, Charlotte. Wir sind alle gleich. Du bist nicht anders als Finn oder sonst irgendwer.«

Wie naiv von ihm, das zu glauben. Finn und ich würden nie gleich sein. Nie auf einer Stufe stehen. Genau wie Adam das nicht tun würde.

»Wenn seine Eltern euch das Geld nicht gegeben hätten, wie hättest du die Firma gegründet?«, fragte ich und wartete auf seine Antwort.

»Ich hätte mir einen Job gesucht, Geld gespart und …«

»Es wäre unmöglich gewesen«, unterbrach ich ihn. »Diese Summe hättest du nie sparen können.

Geschweige denn einen Kredit in dem Umfang zu bekommen. Finns Eltern haben dir eine Tür geöffnet, die dir normalerweise verschlossen geblieben wäre. Aber dafür musst du doppelt so hart arbeiten wie er, nicht wahr?«

»Das stimmt nicht«, stritt Adam ab. »Wir sind gleichberechtigte Partner. Wir …«

Ich unterbrach ihn erneut. »Wenn du derjenige gewesen wärst, der Millionen in den Sand setzt, hätten Finns Eltern das auch so gesehen?«

Ich schwieg und gab ihm die Chance, etwas zu sagen, doch Adam blieb stumm. Offensichtlich wollte er die Wahrheit, die ich gerade ausgesprochen hatte, nicht wahrhaben.

»Du und Finn«, fuhr ich ruhig fort, »steht zwar am selben Ziel, aber euer Weg dahin war so unterschiedlich, dass ihr nie gleich sein werdet.«

Ich suchte seinen Blick und er wich mir aus. Den Kiefer fest zusammengepresst und das Gesicht zu einer gequälten Maske verzogen, als suche er nach den richtigen Worten. Dabei war längst alles gesagt.

»Gute Nacht, Adam«, verabschiedete ich mich traurig und fühlte mich plötzlich zehn Jahre älter. Ich ging an ihm vorbei in die Richtung, in der unsere Wohnung lag. Wieder wusste ich nicht, wie lange sie noch mein Zuhause bleiben würde.

»Charl…«, wollte er mich zurückhalten. Ich hob eine Hand und schnitt ihm das Wort ab, ohne mich nach ihm umzudrehen. Das Geräusch meiner Absätze hallte dumpf durch die Straßen und wurde von den Häuserwänden zurück in die Nacht geworfen.

»Ich finde alleine nach Hause.«

Kapitel -10-

Charly

Trotz gemischter Gefühle und zu wenig Schlaf schaffte ich es am nächsten Morgen, mich frühzeitig aus dem Bett zu quälen und den Mädels Frühstück zuzubereiten. Ich sah sie kaum. Gestern war ich erst heimgekommen, als sie bereits tief und fest schliefen, und ich vermisste meine Freundinnen. Ein gemeinsames Frühstück mit ihnen würde mir die nötige Energie für den Tag geben. Ohne Cosima aufzuwecken, schlich ich durch das Wohnzimmer, nahm meine Handtasche und ging raus, um bei der Bäckerei gegenüber Bagels zu kaufen.

Als ich zehn Minuten später zurückkehrte, schlief Cos noch tief und fest. Schmunzelnd legte ich die Papiertüte mit den Bagels auf dem Esstisch ab und setzte eine Kanne Filterkaffee auf. Während der durch die Maschine lief, deckte ich den Tisch. Im Kühlschrank hatten wir Käse, Marmelade und Nutella. Nicht die größte Auswahl, aber für heute musste es reichen. Nur Zucker und Kaffeesahne musste ich suchen, fand sie aber in einer der Küchenschubladen. Es würde eine Weile dauern, bis ich mich an die neue Wohnung gewöhnt hatte und wusste, welche Utensilien wo lagen.

Der Tisch war schnell gedeckt, die Bagels warm und der Kaffee kurz darauf bereit. Vorsichtig ging ich zu Cosima und schüttelte sie sanft an der Schulter. Sie gab ein mies gelauntes Brummen von sich und ich kicherte. »Steh auf, Schlafmütze. Frühstück ist fertig.«

Sie murmelte etwas, und ich sah, dass sie wach war und die Augen langsam öffnete. Als ich an Janes Zimmertür klopfte, rief sie leise »Herein«, und ich stellte verwundert fest, dass sie bereits auf war. »Huch, du bist aber früh wach«, sagte ich überrascht, denn sie saß fertig angezogen an einem klapprigen Schreibtisch und ging eine Mappe durch. »Alles okay? Ich habe uns Frühstück gemacht.«

»Ja, alles prima«, versicherte sie, ohne aufzusehen. »Ich begleite meinen Chef heute bei einem wichtigen Meeting und will vorbereitet sein. Aber ich komme gleich frühstücken.«

In der Küche fand ich Cos, die sich mit hängenden Schultern und müden Augen eine große Tasse Kaffee einschenkte, löffelweise Zucker und Sahne dazugab und stöhnend einen großen Schluck davon nahm.

»Irre ich mich oder verläuft dein Start in New York auch nicht besonders prickelnd?«, fragte ich mit interessierter Miene. Cos sah mich seufzend an. »Nicht prickelnd ist Kinderkacke gegen den Scheiß, den ich am Laufen habe«, antwortete sie belustigt, wobei ich das eher für Galgenhumor hielt.

»Was hast du angestellt?«, wollte ich wissen, weil man das bei Cosima durchaus mal fragen konnte.

»Oh, nichts«, antwortete sie sarkastisch. »Mich nur mit einem von New Yorks mächtigsten Männern angelegt. Jetzt will er meinen Kopf.« Während sie das sagte, fuhr sie sich mit dem Zeigefinger über den Hals.

Ich sah meine Freundin kopfschüttelnd an. Ihr langes schwarzes Haar war zu einem unordentlichen Dutt aufgetürmt. Ein paar ihrer türkis gefärbten Spitzen standen wirr ab. Sie trug ein knappes Top und Shorts zum Schlafen, was freien Blick auf einige ihrer Tattoos erlaubte. Ein Schriftzug an ihrem Schlüsselbein, das Symbol auf ihrem Handgelenk und die Dornenranken, die ihren Oberschenkel zierten. Weil ich sie so gut kannte, wusste ich, dass sie sich noch ein Zitat aus *Stolz&Vorurteil* auf der rechten Seite über ihre Rippen hatte stechen lassen und mindestens ein neues Tattoo hatte, von dem wir nicht wussten. Das war Cosima. Chaos auf zwei Beinen.

»Und was hast du getan, dass dieser Mann so wütend auf dich ist?«, fragte ich, während ich neuen Kaffee aufsetzte. Cos war schon bei ihrer zweiten

Tasse. Wenn sie in dem Tempo weitertrank, blieb für Jane und mich nicht viel übrig.

»Gar. Nichts«, stieß sie hervor. »Ich habe nichts getan!«

Ich sah sie zweifelnd an. »Wenn du nichts getan hast, dann …«

Sie wimmelte meine Worte mit einer hektischen Handbewegung ab. »Ist ja auch egal«, beendete sie das Thema. »Was meintest du mit *auch?«,* wollte sie wissen und bezog sich damit auf meine Anmerkung von vorhin, dass ihr Start in New York wohl auch nicht besonders prickelnd verlief.

»Hm?«, machte ich ausweichend, als wüsste ich nicht, was sie meinte, und widmete mich voller Interesse der Kaffeekanne. Selbstverständlich schluckte Cos dieses kleine Ablenkungsmanöver nicht.

»Charles, du hast gesagt, *irre ich mich, oder verläuft dein Start in New York auch nicht so prickelnd.* Was hat es damit auf sich?«

Ich rollte mit den Augen, weil sie mir diesen Männernamen gab, was sie nur dann tat, wenn sie wusste, dass ich etwas verheimlichte.

»Nichts, ich meinte nur … Oh, hey, Jane. Frühstück ist fertig«, rief ich erleichtert, als ich Jane entdeckte. Sie war genau im richtigen Moment aufgetaucht, um die Aufmerksamkeit von mir abzulenken. Schnell schob ich sie auf den Küchentisch zu. »Setzt euch, bevor die Bagels kalt werden.«

Damit hatte ich das Thema erfolgreich gewechselt. Über den Tisch hinweg warf Cosima mir einen misstrauischen Blick zu, der mir zeigte, dass die Sache noch nicht erledigt war.

Dieses Mal fackelte Adam nicht lange und ließ mich, kurz nachdem ich das Gebäude betreten hatte, zu sich rufen. Nach dem Frühstück mit meinen Freundinnen hatte ich es geschafft, mich etwas zu beruhigen. Jetzt kehrte die Nervosität allerdings zurück.

Dieses Mal hatte Vince mich bloß angerufen. Da ich sowieso an meinem Schreibtisch gesessen hatte, konnte er sich die Mühe sparen, mich zu suchen. Olivias Blick, als sie mitbekam, dass ich erneut zu Adam bestellt wurde, war unbezahlbar. Selbst Nicolas zeigte dieses Mal Interesse, obwohl er Olivia und mich sonst kaum beachtete. Er schien konzentriert auf seine eigenen Aufgaben zu sein. Doch heute hob selbst er den Kopf und runzelte die Stirn. Genau genommen war Adam nur sein Boss. Meiner war Finn. Die Tatsache, dass ich schon zum zweiten Mal in einer Woche ein Gespräch bei ihm hatte, musste ihnen Sorge bereiten. Ich war mir sicher, dass Nicolas ebenso gut über die freie Stelle informiert war wie Olivia. Nun, mir recht. Sollten sie denken, dass ich das Rennen führte. Ich würde ihnen sicher nicht auf die Nase binden, wie kurz vor dem Rausschmiss ich in Wirklichkeit stand.

»Morgen, Vince«, grüßte ich, als ich den Vorraum zu Adams Büro betrat. Vince nickte kurz mit dem Kopf. »Er wartet schon«, murrte er. Heute wirkte er weit weniger beschwingt als gestern.

Seufzend ging ich an ihm vorbei und öffnete die Tür. Vince' Verhalten nach zu urteilen hatte Adam schlechte Laune.

Als ich den Raum betrat, befand er sich mit dem Rücken zu mir an einer der breiten Fensterfronten und blickte hinaus. Er stand da, die Hände in die Hosentaschen und den Rücken gerade, und bot ein unheimlich kraftvolles Bild. Wieder einmal wünschte ich mir, dass nicht so viele Konflikte zwischen uns stünden. Dann könnte ich den Umstand genießen, dass dieser Mann nur für verruchte Stunden gemacht zu sein schien. Alles an ihm war verlockend. Versprach aufregende Momente.

Ich schloss die Tür und trat langsam neben ihn. Er musste mich gehört haben, zeigte aber keine Reaktion. Eine Weile stand ich schweigend da und bewunderte sein starkes Profil von der Seite. Die gerade Nase, das kantige Kinn. Ein leichter Dreitagebart zierte seine Wangen. Am liebsten hätte ich mit den Fingern sanft darübergestrichen. Stattdessen ermahnte ich mich, vernünftig zu sein. Mit einem Räuspern machte ich auf mich aufmerksam.

»Du hast nach mir gerufen?«, fragte ich kühl und verschränkte die Arme vor der Brust. Heute trug ich zum ersten Mal keinen Cardigan, sondern eine schwarze, eng sitzende Jeans und eine dunkelgrüne Bluse. Mein Haar fiel mir offen über die Schultern und meine bequemen Schuhe hatte ich gegen welche mit leichtem Absatz eingetauscht. Heute Morgen war mir nicht danach gewesen, mich zu verstecken.

»Wir müssen über gestern Abend reden«, sagte er und sah mich an.

»Es wurde alles gesagt, Adam«, versicherte ich ihm voller Bedauern. »Ich werde meine Meinung nicht ändern. Du kannst es akzeptieren oder mich entlassen. Die Wahl liegt bei dir.«

»Diese Entscheidung will ich nicht treffen«, zischte er wütend und kam einen Schritt auf mich zu.

»Dann musst du es akzeptieren«, sprach ich die einzige andere Möglichkeit aus, die blieb.

»Das kann ich auch nicht«, antwortete er kopfschüttelnd.

Ich warf aufgebracht die Arme in die Luft. »Eine andere Option gibt es aber nicht.«

»Warum nicht?«, fuhr er mich an. »Ich rede mit Finn und suche nach einer Möglichkeit, dass du für deine Zeit bei uns bezahlt wirst. Und du könntest dir einen Zweitjob für die Wochenenden suchen.«

Ich schüttelte ungläubig den Kopf. »Wie stellst du dir das vor? Wie willst du vor Finn rechtfertigen, dass ich bezahlt werde, Olivia und Nicolas aber nicht?«

»Ihre Familien sind reich. Sie haben es nicht nötig.«

»Ich habe es auch nicht nötig«, stellte ich klar und merkte, wie laut ich dabei geworden war. Ich atmete tief durch und fuhr ruhiger fort: »Ich will keine Sonderbehandlung. Wenn ich es schaffe, dann aus eigener Kraft.«

»Herrgott«, fluchte er. Verärgerung blitzte in seinen dunklen Augen auf. »Wieso verstehst du nicht, dass ich nur dein Bestes will? Ich will dir helfen.«

»Du willst mir helfen?«, wiederholte ich sarkastisch. »Dann erspare es mir, diese sinnlose Unterhaltung führen zu müssen, und triff deine Entscheidung. Und jetzt gib mir ein paar Akten«, forderte ich.

»Was?«, fragte Adam sichtlich verwirrt von dem plötzlichen Themenwechsel.

»Gib mir ein paar Akten«, wiederholte ich. »Ich kann nicht immer mit leeren Händen aus deinem Büro spazieren. Irgendeinen Grund muss mein Aufenthalt hier haben, sonst werden die anderen misstrauisch.«

Als Adam sich nicht in Bewegung setzte, umrundete ich ihn stöhnend und kümmerte mich selbst darum, an irgendwelche Unterlagen zu kommen. Ich hoffte, dass ich dabei nichts Wichtiges mitnahm. So oder so würde ich es ihm in ein paar Stunden zurückbringen.

Ich ging zu seinem Schreibtisch und suchte ihn nach etwas Geeignetem ab. Als ich einen Stapel Akten fand, nahm ich ihn an mich. Dabei spürte ich die ganze Zeit Adams Blicke, die sich in meinen Rücken bohrten. Als ich mich umdrehte, um aus dem Büro zu gehen, kam er mir entgegen.

»Ist das dein Ernst?«, knurrte Adam und baute sich bedrohlich vor mir auf, um mir den Weg zu versperren. »Du willst einfach gehen?«

»Selbstverständlich«, erwiderte ich. »Unsere Unterhaltung hat keinen Sinn. Du verstehst nicht, dass ich meinen Job im *Wild Lady* nicht kündigen kann. Ich habe längst akzeptiert, dass ich dadurch meinen Praktikumsplatz verlieren könnte und die Entscheidung bei dir liegt. Und jetzt lass mich durch.«

Ich wollte mich an ihm vorbeischieben, aber ehe ich reagieren konnte, legte er seine Hände an meine Arme und hielt mich fest. »Lass mich los«, zischte ich wütend. Adam schüttelte den Kopf.

»Ich kann nicht«, knurrte er. So viele Emotionen waren in diesen drei Worten versteckt. Wut, Trauer, Verwirrung und Verlangen. Ich sah Adam an, suchte den Blick seiner dunklen Augen.

»Lass mich los«, bat ich schwach. »Bitte.«

Wieder schüttelte er den Kopf. »Ich kann nicht«, raunte er dicht an meinen Lippen. Dann streiften sich unsere Münder, nur ein Hauch von einer Berührung. Bevor er mit der Zunge sanft über meine Unterlippe strich. Ich seufzte wohlig, und das schien für Adam Bestätigung genug zu sein, damit er all seine Vorsicht fallen ließ. Er nahm mein Gesicht in seine Hände, zog mich dicht zu sich und versiegelte meinen Mund mit einem harten Kuss. Dann fuhr er mit der Hand meinen Rücken hinab, bis hin zu meinem Po und zog mich dicht an sich, während seine Zunge tief in meinen Mund eindrang. Ich stöhnte vor Verlangen, als unsere Unterkörper aneinanderrieben und ich seine Härte an meinem Bauch spürte. Gott, ich wollte diesen Mann so sehr. Mein ganzer Körper wurde von einem Beben erschüttert. Ich vergaß alles um mich herum, ließ die Akten fallen und konzentrierte mich nur auf das Brennen in mir, das mich dazu drängte, mehr von Adam einzufordern.

Atemlos erwiderte ich seinen Kuss, vergrub die Hände in seinem Haar und wollte alles von ihm. Adam schob mich zum Fenster, presste mich dagegen und fuhr fort, meinen Hals zu küssen. Obwohl unsere Körper sich an so vielen Stellen berührten, war es nicht genug. Ich wollte seine Haut auf meiner spüren. Wollte mit meinen Fingern die harte Brust nachfahren, die sich schnell hob und senkte.

Mit zitternden Händen fuhr ich zwischen unsere erregten Körper und machte mich an den Knöpfen seines Hemdes zu schaffen. Gleichzeitig spürte ich, wie Adam mein Bein anwinkelte, es um seine Hüfte schlang und sich fest an mich presste. Als seine Erregung dadurch direkt an meiner Mitte rieb, gab ich ein kehliges Stöhnen von mir und warf den Kopf in den Nacken.

Sofort spürte ich seine Lippen an meinem Hals, wo er saugte, leckte und in die empfindliche Haut biss, bis ich ein Wimmern von mir gab. Gleichzeitig rieb er sich immer stärker an mir und steigerte meine Lust ins Unermessliche. Ich musste ihn haben.

»Adam, bitte«, flehte ich und legte meine Hand auf seine Erektion. Als ich sie mit den Fingern durch den

Stoff der Hose sanft massierte, gab er ein gequältes Stöhnen von sich.

»Charlotte, das ist keine gute Idee«, keuchte er, während er sich dennoch meiner Berührung entgegendrückte.

»Das ist die beste Idee, die ich jemals hatte«, erwiderte ich kurzatmig und öffnete den Knopf seiner Hose.

»Du bist meine Mitarbeiterin«, versuchte Adam vernünftig zu bleiben, während ich mit der Hand in seine Boxershorts glitt und seine Männlichkeit umfasste. »Jemand könnte uns hören.«

Das war mir in diesem Moment egal. Alles, worauf ich mich konzentrieren konnte, war das sehnsuchtsvolle Ziehen zwischen meinen Beinen. Ich musste ihn in mir spüren, sonst würde ich den Verstand verlieren. Ich wollte Adam gerade von seiner Hose befreien, als ein Klopfen an der Tür mich mitten in der Bewegung erstarren ließ.

»Moment«, rief Adam, stieß mich weg und begann eilig, sich anzukleiden.

Voller Bedauern beobachtete ich, wie er seine Hose hochzog und sein Hemd zuknöpfte. Ich konnte nicht fassen, was gerade beinahe geschehen wäre. Gleichzeitig hasste ich denjenigen, der uns inmitten unserer Leidenschaft unterbrochen hatte. Wer auch immer das gewesen war. Vor mir strich Adam sich seine Haare glatt und bedeutete mir mit einer Handbewegung, mich ebenfalls zu richten. Ich zog meine Bluse straff und vergewisserte mich, dass meine Frisur nicht verdächtig aussah. Dann wischte ich mir schnell mit dem Handrücken über die Lippen, um eventuelle Lippenstiftreste wegzubekommen.

Gerade als Adam »Herein« rief und sich die Tür öffnete, hockte ich mich hin, um die Akten vom Boden aufzulesen. Als ich aufblickte, sah ich, dass es Vince war, der das Zimmer betreten hatte und nun mit merkwürdigem Blick zwischen Adam und mir hin und her sah.

»Vince, was gibts?«, fragte Adam und versuchte, von der komischen Stimmung, die im Raum herrschte, abzulenken.

»Ähm«, machte Vince. »Ihr Zehn-Uhr-Termin ist soeben in der Lobby eingetroffen. Er müsste gleich hier sein. Soll ich ihm sagen, dass es noch etwas dauert?«, fragte er und sah dabei kurz zu mir.

»Nein«, antwortete Adam knapp. Er hatte nicht lange gebraucht, um zurück in seine Rolle zu finden. Nichts an ihm deutete darauf hin, was gerade zwischen uns passiert war. Er war wieder Adam Scott. Mein Boss, der darauf bedacht war, mir möglichst professionell gegenüberzutreten. Ich stöhnte leise, während ich die letzte Akte aufsammelte.

»Ms. Summer wollte gerade gehen«, sagte Adam an mich gewandt. Eine klare Botschaft. So etwas wie heute würde so schnell nicht mehr vorkommen. Ich wusste, dass Adam in meiner Gegenwart noch beherrschter sein würde. Dabei wollte ich nichts lieber, als dass er vollends die Kontrolle verlor. Denn ich wollte unbedingt mehr von dem, was er mich hatte spüren lassen.

Ungeachtet der Tatsache, dass mir Haare ins Gesicht hingen, versuchte ich Würde zu bewahren, als ich das Büro verließ.

»Ich werde die Akten schnellstmöglich bearbeiten, Mr. Scott«, sagte ich höflich, nickte Vince zu und verließ den Raum.

Statt zu meinem Büro zu gehen, steuerte ich die Damentoilette an, vergewisserte mich, dass ich allein war, und ließ mich in einer Kabine auf den Klodeckel sinken. Erst dann atmete ich lange und angestrengt aus und fuhr mir mit den Händen durch das Gesicht. Dann musste ich breit und unkontrolliert grinsen.

Es war verrückt. Ich sollte mich schlecht fühlen. Mir Sorgen wegen Vince machen. Aber ich konnte nur daran denken, welches Feuer Adams Küsse in mir entfacht hatten. Und wie stark seine Brust sich unter meinen Fingern angefühlt hatte. Adam wollte mich und ich wollte ihn. Er musste bloß aufhören, sich dagegen zu wehren. Dann würden wir die Nacht unseres Lebens miteinander verbringen.

Kapitel -11-

Charly

»Sieh an, wen haben wir denn da?«, begrüßte Cash mich, als ich das *Wild Lady* am Donnerstagabend betrat. »Hast du heute nicht frei?«

Sie saß an der Bar mit einer Portion Nüsse und einem Bier. Wie so oft trug sie dabei ihr Bühnenoutfit mit einem luftigen Seidenmantel darüber.

»Hey«, grüßte ich zurück und schwang mich auf einen der Barhocker. »Ich wollte den Trainingsraum nutzen, wenn das in Ordnung ist.«

Zwar musste ich heute nicht auftreten, doch ich hatte mir vorgenommen, meine freien Abende zum Einstudieren einer neuen Choreo zu nutzen. Ich wollte meinen Auftritt an das Klientel anpassen, damit Dimitri meinen Lohn schnellstmöglich auf dreihundert am Abend erhöhte.

»Klar, der Schlüssel hängt neben der Tür. Ich komme nachher und leiste dir Gesellschaft.«

»Dann bis später«, verabschiedete ich mich und steuerte den Gang zu der Garderobe an. Dabei ließ ich den Blick durch den Club schweifen. Es war erst achtzehn Uhr. Offiziell hatte das *Wild Lady* nicht geöffnet. Die ersten Kunden würden frühestens in einer halben Stunde kommen. Daher war der Gastraum in gleißendes Licht getaucht. Vor der

Ladenöffnung würde es abgedreht und durch dunkelviolette oder rote LEDs ersetzt werden. Die Kellnerinnen, die bald in ihre schicken Kleider schlüpfen würden, trugen noch Jeans und T-Shirts, rannten zwischen den Tischen umher und bemühten sich, alles auf Vordermann zu bringen. Die Einzige, die nie aus ihrer Rolle zu fallen schien, war Cash.

Ich liebte diesen Blick hinter die Kulissen. Denn er gab einem das Gefühl von Zugehörigkeit. Schmunzelnd stellte ich fest, dass ich mich bereits wohlfühlte.

In der Garderobe fand ich den Schlüssel zum Trainingsraum schnell. Als ich die Tür öffnete, schlug mir Schwärze entgegen. Langsam fuhr ich mit der Hand an der Innenseite der Wand entlang, um einen Lichtschalter zu finden, während meine Augen sich an die Dunkelheit gewöhnten und erste Umrisse davor auftauchten. Als meine Finger den Schalter ertasteten, legte ich ihn um und der ganze Raum erstrahlte in warmem Licht. Er war groß. Schmal, aber dafür lang. Eine Seite war komplett mit Spiegeln ausgestattet. Insgesamt waren drei Poles angebracht worden und in einer hinteren Ecke lagen einige Yogamatten. Ich ließ meine Tasche auf den Boden fallen, zog meine Sachen aus, bis ich nichts als ein knappes Höschen und einen Sport-BH trug. Dann klaubte ich eine der Matten vom Stapel, legte sie auf dem Boden aus und begann damit, mich aufzuwärmen und zu dehnen.

Erst als meine Muskeln brannten und mir ein leichter Schweißfilm auf der Stirn lag, widmete ich mich meinem eigentlichen Training. Ich wollte heute Figuren hoch oben an der Stange üben. Bisher hatten sich meine Choreos auf simple Spins und Spagate beschränkt. Aber ich konnte mehr und das wollte ich ausnutzen. Ich startete damit, an der Stange hinaufzuklettern und mich einige Momente oben zu halten, bevor ich mich in einer langsamen Drehung hinabgleiten ließ. Das wiederholte ich so lange, bis ich das Gefühl hatte, mich an die Höhe gewöhnt zu haben. Dann begann ich mit dem Üben von komplizierteren Figuren. Mein Ziel war es, eine zu schaffen, bei der ich mich rein aus der Kraft meiner Oberschenkel heraus an der Pole hielt und beide Arme wegstrecken konnte, wenn ich mich drehte. Das erforderte viel Körperspannung und Kraft. Nach einer Weile lief mir der Schweiß in Strömen über den Körper und ich musste eine Pause machen.

Als ich zu meiner Tasche ging, um ein Handtuch herauszuholen, sah ich Cash in der Tür stehen. »Das sah gar nicht mal so übel aus«, sagte sie. Ihre Haut glitzerte leicht.

»Kommst du gerade von der Bühne?«, fragte ich verwirrt. Wenn sie ihren Auftritt bereits hinter sich hatte, war ich lange hier drinnen gewesen. Ich sah auf mein Handy und erkannte, dass ich bereits über eine Stunde an der Stange geübt hatte. Insgesamt war ich schon zwei Stunden hier. Kein Wunder, dass ich so fertig war.

»Jap«, antwortete sie schmunzelnd. »Du warst ziemlich in dein Training versunken.«

Ich streckte meinen Körper und stöhnte dabei leise. Meine Muskeln taten höllisch weh, aber ich fühlte mich zufrieden und ausgeglichen. Dieses Gefühl weckte nur das Tanzen in mir.

»Komm, ich spendiere dir einen Drink. Du siehst aus, als könntest du eine Pause gebrauchen«, bot Cash an und ich grinste.

»Gerne, ich will mich nur schnell umziehen.«

Sie winkte ab. »Nicht nötig. Wir können in der Umkleidekabine trinken. Da ist es warm, wir haben unsere Ruhe und du kannst mir bis ins kleinste Detail von dem Typen von gestern Abend berichten.«

Oje, das hatte ich schon ganz vergessen. Cash hatte mitbekommen, wie Adam und ich das *Wild Lady* gemeinsam verlassen hatten. Meine Behauptung, dass ich ihn nicht kannte, würde mich nicht mehr weiterbringen.

»Da gibt es gar nicht so viel zu erzählen«, versuchte ich, ihr Interesse zu zerstreuen. »War ein langweiliger Abend. Nicht der Rede wert.«

»Bitch, nichts an dem Mann sah langweilig aus. Ich hole uns zwei Moscow Mule und dann erzählst du mir *ALLES*. Komm bloß nicht auf die Idee, Details auszulassen.«

»Das wars, nur ein Kuss?«, fragte Cash eine halbe Stunde und einen Moscow Mule später enttäuscht. »Hausfrauen in Vorstadtorten verbringen heißere Nächte als du.«

Ich lachte und nahm einen Schluck von meinem Drink. Mit jemandem über die Sache zu reden, tat gut. Meinen Freundinnen konnte ich mich nicht anvertrauen. Sie würden sich Sorgen um mein Jahrespraktikum und meine Zukunft machen. Außerdem hätte ich ihnen dann auch erzählen müssen, wie die ganze Sache mit Adam angefangen hatte, und das ging nicht, ohne meinen Job im *Wild Lady* zu erwähnen. Vor Cash musste ich keine Geheimnisse haben. Es brauchte mehr, um sie zu schockieren.

»Es ist besser so«, antwortete ich. »Er ist mein Boss, schon vergessen? Mit ihm zu schlafen hätte alles komplizierter gemacht.« Dabei ließ ich unerwähnt, wie gerne ich es dennoch tun würde. Hätte Adam sich zurückhalten können, wenn Vince nicht dazwischengekommen wäre? Oder hätte er mich gegen das Fenster seines Büros gedrückt genommen? Bei den Bildern, die der Gedanke in mir heraufbeschwor, stieg mir die Hitze in die Wangen.

»Man sieht, wie froh du bist, dass ihr keinen Sex hattet«, stichelte Cash.

»Das Problem ist nicht, dass ich nicht will, Cash. Aber er ist mein Boss. Und die Sache zwischen uns ist durch meinen Zweitjob schon kompliziert genug. Nach unserem letzten Kuss hat er angestrengt versucht, sich mir gegenüber professionell zu verhalten.«

Ich stöhnte genervt bei der Erinnerung, wie er mir die Tür aufgehalten und mir in den Wagen geholfen hatte, penibel darauf bedacht, nichts Unangebrachtes zu tun oder zu sagen. Wie schlimm würde sein Verhalten werden, nachdem wir einander nackt gesehen hatten?

»Charly, denk mal nach. Er hat dich zum zweiten Mal geküsst. Und er weigert sich, dich zu kündigen. Wenn er sich ernsthaft wie ein Boss verhalten wollen würde, dann wäre das das Erste, was er macht. Dich entlassen. Er hat schon recht, wenn irgendwer dich sieht und erkennt, seid ihr am Arsch.«

Ich sah sie zweifelnd an. Ihre Worte ergaben Sinn. Aber ich wollte mir keine falschen Hoffnungen machen.

»Welchen anderen Grund kann es für sein Verhalten geben, als dass er total auf dich steht?«

»Meinst du?«, fragte ich unsicher und Cash nickte.

»Glaub mir, ich kenne mich mit Kerlen aus, und ich habe gesehen, wie Adam dich mit seinen Augen verschlungen hat. Der Mann ist dir mit Haut und Haaren verfallen. Und irgendwann wird sein Widerstand in sich zusammenfallen.«

»Was ist mit der Tatsache, dass er mein Boss ist? Ist es nicht … unmoralisch, ein Verhältnis mit seinem Vorgesetzten anzufangen?«

Cash zog eine Augenbraue hoch. »Es ist auch unmoralisch, mit sechzehn in einer Bar zu tanzen.«

»Wo du recht hast«, murmelte ich, fühlte mich dadurch aber nicht besser.

»Okay, beantworte mir folgende Frage«, forderte Cash und ich horchte auf. »Willst du mit ihm schlafen, um dir in der Firma Vorteile zu verschaffen oder weil er der heißeste Kerl ist, der seit Langem deinen Weg gekreuzt hat, und dein Höschen allein bei seinem Anblick feucht wird?«

Sie sah mich vielsagend an und ich grinste dümmlich in meinen Cocktail.

»Er ist definitiv heiß«, schwärmte ich und erinnerte mich an das Gefühl seiner muskulösen Schenkel, die sich zwischen meine Beine gedrängt hatten.

»Na also, Problem gelöst. Jetzt musst du ihn dir nur schnappen.« Wenn Cash das sagte, klang das so leicht. Allerdings hatte ich keine Ahnung, wie ich Adam dazu bringen konnte, seine Rolle bei *Parker&Scott* für ein paar Stunden zu vergessen.

In dieser Nacht lag ich lange wach und dachte über den Vorfall in Adams Büro und Cashs Worte nach. Ich wälzte mich unruhig in den Laken, bis ich in einen noch unruhigeren Schlaf fiel. In meinen Träumen küsste Adam mich, fuhr mit seinen Lippen über meine Brüste, nur um sich dann zurückzuziehen und mich unbefriedigt zurückzulassen. Mitten in der Nacht erwachte ich aus einem dieser Träume. Schweiß stand mir auf der Stirn. Ich richtete mich benommen auf, kippte das Fenster und atmete tief die frische Luft ein, die durch den Spalt ins Zimmer strömte. Während ich den Geräuschen der gelegentlich vorbeifahrenden Autos lauschte, fragte ich mich, wie ich morgen in Adams Nähe auch nur einen klaren Gedanken fassen sollte, wenn er mich bereits in meinen Träumen verfolgte.

Kapitel -12-

Charly

Wie sich zeigte, machte ich mir umsonst Sorgen. Adam tauchte den ganzen Freitag über nicht bei mir auf und ließ mich auch nicht zu sich rufen. Stattdessen musste ich Olivias und Nicolas' neugierige Blicke über mich ergehen lassen. Etwas an ihrem Verhalten sagte mir, dass Vince getratscht hatte. Aber solange es nur Gerüchte waren und sie keine Beweise hatten, sollte es mir egal sein. Genau genommen nervte mich auch nur die Tatsache, dass Adam nicht hier war und ich nicht erfuhr, wie es weitergehen sollte.

Ohne mit ihm zu reden, wusste ich nicht, ob ich noch einen Job hatte oder nicht. Ob er endlich zu einer Entscheidung gekommen war. Außerdem wollte ein großer Teil von mir über das reden, was gestern zwischen uns vorgefallen war. Die heißen Küsse. Erneut.

Pünktlich zur Mittagspause war meine Laune so tief gesunken, dass nur noch eine große Portion Mac 'n' Cheese mich retten konnte. Dank der Onlinespeisekarte auf der Website der Kantine wusste ich, dass mein Lieblingsessen heute auf dem Plan stand. Um dreizehn Uhr beschloss ich, die restlichen Arbeiten für später aufzuheben und mir eine Portion zu gönnen.

Ich nahm den Fahrstuhl und fuhr in den zweiten Stock, wo sich die Kantine befand. Um diese Uhrzeit war sie nicht stark besucht, weil die meisten Mitarbeiter schon vor einer Stunde Pause gemacht hatten. So kam es, dass ich mich kaum zwei Minuten anstellen musste, bis ich an der Reihe war. Mit einem Teller voller dampfender Nudeln ging ich zur Kasse, orderte noch eine eiskalte Cola dazu und spürte sogleich, wie meine schlechte Laune sich langsam in Luft auflöste.

Dann entdeckte ich Adam an den Snackautomaten am anderen Ende des Raumes und meine Stimmung hob sich weiter. Er stand mit dem Rücken zu mir, diese breiten Schultern würde ich inmitten jeder Menschenmenge wiedererkennen. Während ich überlegte, ob ich einfach zu ihm gehen und ihn begrüßen sollte, drehte Adam sich um. Unsere Blicke trafen sich, für einen Moment sah ich etwas wie Zögern in seinen Augen, dann setzte er sich in Bewegung und kam auf mich zu. In den Händen hielt er eine Tasse Kaffee und ein Snickers. Fröhlich schlenderte ich ihm entgegen, öffnete den Mund zu einer Begrüßung und erstarrte, als Adam einen Bogen um mich herum machte und weiterging.

»Linda, wie schön, dich zu sehen«, hörte ich ihn sagen und wirbelte schockiert herum. Mein Mund stand offen, und ich hätte fast den Teller mit dem Essen fallen lassen, als ich sah, wie Adam eine braunhaarige Frau mit zwei Küssen links und rechts begrüßte. Linda ihrerseits schien sehr angetan von Adam, was ihre Hand auf seinem Arm bewies.

»Adam, ich war nur zwei Wochen weg und du siehst noch besser aus als vorher. Hast du viel trainiert, während ich weg war?«

Ich hörte nicht, was er antwortete, denn vor Wut rauschte das Blut laut in meinen Ohren. Hatte er mich gerade wirklich ignoriert?

Adam und Linda setzten sich an einen der Tische, um sich zu unterhalten, und ich tat das einzig Vernünftige. Das, was jede Frau getan hätte, die darauf stand, sich selbst Leid zuzufügen. Ich setzte mich an den nächsten freien Tisch, zu weit, um zuhören zu können, aber nahe genug, dass Adam mich sah. Allerdings zeigte sich, dass ich genauso gut eine Vase hätte sein können. Denn in etwa so viel Beachtung schenkte Adam mir. Er hatte nur Augen für die schöne Linda, die sich eindeutig an ihn ranschmiss. Ich hatte aufgehört zu zählen, wie oft sie mit den Fingern über seinen Bizeps gestrichen hatte.

Nach ein paar Minuten hielt ich es nicht mehr aus. Wütend knallte ich meine Gabel auf den Teller und stand so ruckartig auf, dass der Stuhl geräuschvoll über den Boden schrammte. Adam zuckte bei dem Lärm zusammen, drehte sich aber nicht um. Mit vor Wut zusammengebissenen Zähnen marschierte ich direkt an ihm vorbei.

Mir war klar, dass ich keine Ansprüche auf Adam hatte. Aber dass er mich ignorierte, schrie geradezu nach bösartiger Absicht. Ich wusste nicht, was das sollte. Ob es bedeutete, dass er eine Entscheidung getroffen hatte. Oder er mich eifersüchtig machen wollte. Vielleicht hatte diese Linda-Geschichte auch nichts mit mir zu tun, dennoch stach das hässliche Gefühl der Eifersucht schmerzhaft in meinen Eingeweiden.

Das war's.

Ich würde nicht länger hier sitzen, die beiden anstarren und mich lächerlich machen. Adam Scott konnte flirten, mit wem er wollte. Es ging mich nichts an. Mit einem Gefühl, als würde mein Magen gleich vor Wut explodieren, stellte ich meinen noch vollen Teller auf der Ablage für schmutziges Geschirr ab und verließ die Kantine.

An diesem Abend tauchte Adam nicht in der Bar auf und der absurde Gedanke, dass er mit Linda unterwegs sein könnte, nagte an mir. So sehr, dass Cash mich nach meiner Show mit einem Stirnrunzeln empfing. Ich hatte mich auf der Bühne wie eine Anfängerin angestellt. Hatte mich zu schnell gedreht, war zu früh von der Stange gerutscht und hatte so viel Sexappeal ausgestrahlt wie ein Pferd beim Verzehr einer Möhre. Zum Glück wusste Cash, dass ich es besser konnte. Allerdings entfernte mich dieser Auftritt von den dreihundert pro Abend und das machte mich rasend vor Wut.

»Dieser verdammte Mistkerl«, fluchte ich und donnerte meine High Heels in die Ecke der Garderobe.

»Willst du mir sagen, was passiert ist?«, fragte Cash, die mir gefolgt war und das Schauspiel beobachtete. Aufgeregt versuchte ich die Haken meiner Korsage zu lösen, doch mein ganzer Körper zitterte vor Ärger und ich bekam sie nicht richtig zu greifen. »Komm her«, sagte Cash und ich gab es seufzend auf. Sie stellte sich hinter mich, sah mich durch den Spiegel hindurch an und begann, die dutzenden Häkchen und Knöpfe an der Korsage zu öffnen. »Adam?«, fragte sie.

Ich nickte.

»Was hat er angestellt?«, wollte sie wissen, während sie mich aus dem Höllending befreite.

»Nichts«, antwortete ich traurig. »Wie es aussieht, hat er endlich verstanden, dass er sich aus meinem Leben raushalten soll.«

»Und ist das nicht das, was du wolltest? Gestern hast du gesagt, dass die Sache zwischen euch falsch und zu kompliziert ist.«

Wieder nickte ich. »Ja, das ist genau das, was ich wollte.« Ich hielt mir die geöffnete Korsage an die Brust und drehte mich zu Cash um. Ich wollte Adam. Trotz Komplikationen. Trotz Hindernisse. Cash strich mir mitfühlend über den Arm. Vielleicht war es besser so.

Das Wochenende lief nach demselben Schema ab. Selbst die Arbeit konnte mich nicht ablenken. Obwohl ich mich hätte freuen sollen, dass Dimitri mich am Samstag auftreten ließ, trübte der Vorfall in der Kantine meine Stimmung. Wie eine graue Gewitterwolke, die über mir hing.

Als ich am Montag bei *Parker&Scott* eintraf, fühlte sich die Situation unerträglich für mich an. Ich war kurz davor, in Adams Büro zu stürmen und ihn zur Rede zu stellen. Dann erinnerte ich mich daran, wie er Linda angestrahlt und mich ignoriert hatte. An das hässliche Gefühl der Eifersucht, das an meinen Eingeweiden genagt hatte. Nein, diese Blöße würde ich mir nicht geben. Wenn Adam mich ignorieren wollte, würde ich ihm nicht hinterherrennen. Und ich blieb eisern. Obwohl es mir von Tag zu Tag schwerer fiel. Ich redete nicht einmal mit Nicolas, damit nicht zufällig Adams Name genannt wurde und mein Entschluss bei seiner Erwähnung in sich zusammenfiel wie ein Kartenhaus. Denn mit meiner Wut auf ihn wuchs gleichzeitig meine Sehnsucht. Ich vermisste es, mich mit ihm zu unterhalten. Seine rauen Hände. Wie er mich ansah, wenn er mich begehrte, und das Gefühl seiner Lippen an meiner Haut. Doch am meisten von allem vermisste ich die Art, wie er Charlotte sagte. Aus seinem Mund hatte es so verheißungsvoll geklungen.

Am Freitag endete meine zweite Woche bei *Parker&Scott,* und ich hätte nicht gedacht, dass sie schlimmer werden würde als die erste.

Und das lag nicht nur an Adam.

Mit jedem Tag fühlte ich mich in der Firma unwohler. Das Gefühl, mich am falschen Ort zu befinden, beschlich mich immer dann, wenn ich eine ruhige Minute hatte. Sooft ich konnte, schob ich es beiseite und erinnerte mich daran, warum ich das Praktikum brauchte. Wenn das nicht ausreichte, telefonierte ich mit meiner Mom. Meist half mir das, den Fokus zurückzugewinnen. Aber von den Tagträumen, die ich über meine Zeit in New York gehabt hatte, war ich weiter entfernt denn je.

Kapitel -13-

Adam

Als mein Flieger am Freitag am JFK-Flughafen in New York aufsetzte und wir quietschend zum Stehen kamen, hörte es sich in meinen Ohren wie ein lautes Aufseufzen an. Eines, das meine Stimmung der vergangenen Woche wiedergab.

Erneut hatte Finn mich für seine Sache eingespannt und mir keine andere Wahl gelassen, als seinen Termin mit den Texanern zu übernehmen. Offensichtlich hatten sie durch unseren gemeinsamen Abend Vertrauen zu mir gefasst und verlangt, dass ich den Fall übernahm. Im Grunde genommen war es ein Kompliment an mich und meine Arbeit. Allerdings hatte es mir nicht gepasst, so überstürzt aufbrechen zu müssen. Nicht nach dem, was zwischen Charlotte und mir vorgefallen war. Ich hatte nicht einmal die Gelegenheit gehabt, ihr mein abweisendes Verhalten zu erklären. Doch Vince' Ausdruck an jenem Tag ließ mir keine andere Wahl. Ich kannte meinen Assistenten und wusste, dass er Gerüchte streuen würde. Dass er Charlotte und mich in einer unangebrachten Situation erwischt hatte, musste uns an den Gesichtern abzulesen gewesen sein. Die neugierigen Blicke, die mich den ganzen Tag verfolgten, zeigten mir, wie schnell der Bürofunk arbeitete. Dass ich Charlotte am nächsten Tag ignorierte, war einzig und allein zu ihrem Schutz. Wenn man uns in der Kantine miteinander gesehen hätte, hätte das die Gerüchteküche angeheizt und zu falschen Schlüssen geführt. Ich war einer der Geschäftsführer. Sie konnten hinter meinem Rücken reden und mich verurteilen, sobald ich aber einen Raum betrat, brachte mir jeder meiner Mitarbeiter den nötigen Respekt entgegen. Genau so hatte es zu sein.

Aber Charlotte? Sie war eine Praktikantin. Erst seit ein paar Tagen bei uns angestellt. Ihr würde das alles mehr schaden. Anschuldigungen, dass sie sich hatte hochschlafen wollen. Mobbing. Gemeine Lästereien auf der Arbeit. Besonders die weibliche Spezies konnte da fies sein. Und die männlichen Kollegen … Ich wollte nicht, dass irgendeiner den Eindruck bekäme, Charlotte wäre leichte Beute.

Also ignorierte ich sie und setzte einen obendrauf, indem ich Linda erlaubte, mich öffentlich anzuflirten. Wer auch immer das beobachtete, würde an den Gerüchten um Charlotte und mich zweifeln. Dass ich Linda mit hineinzog, war zwar nicht die feine Art, doch als Leiterin der Marketingabteilung hatte sie eine höhere Stellung inne und war nicht so angreifbar. Was ich nicht hatte einkalkulieren können, war Charlottes Reaktion. Ich hatte ihre Wut gespürt. Ihre tödlichen Blicke und gewusst, dass sie mir am liebsten an die Gurgel gegangen wäre. Völlig unvorbereitet abreisen zu müssen, ohne die Sache mit ihr geklärt zu haben, war mir in Anbetracht der Tatsachen besonders schwergefallen.

In Texas waren meine Gedanken trotz der vielen Arbeit, die dort auf mich gewartet hatte, immer wieder zu Charlotte und unserem Kuss geglitten, während sie eindeutig mehr gewollt hatte. Herrgott, ich war kurz davor gewesen, an Ort und Stelle mit ihr zu schlafen. Obwohl mein Assistent sich nur eine Tür entfernt aufhielt. Ich wusste nicht, wann ich zuletzt so die Kontrolle verloren hatte.

Derek und Bert machten es mir leicht, mich tagsüber abzulenken. Sie führten mich durch ihre Firma, in der sie Tiernahrung produzieren ließen, und erklärten mir alles. Ich warf einen Blick in ihre Ordner, machte mir ein Bild von der Buchführung und der derzeitigen Lage und wir fertigten einen Schlachtplan für die Zukunft an. Ziel war es, die Bilanz des Unternehmens innerhalb eines Jahres so weit aufzubessern, dass sie attraktiv für Investoren war. Denn Derek und Bert wollten ihre Firma vergrößern und den internationalen Markt anvisieren. Ein Auftrag, bei dem sie meine Hilfe erbaten und der mich mehrere Jahre begleiten würde. Geschäftlich hätte es nicht besser laufen können.

Abends, wenn alle Arbeit getan war, luden sie mich in verschiedene Bars und Restaurants ein und machten mich mit dem Nachtleben von San Antonio bekannt. Ich fand Gefallen an der aufgeweckten Stadt, und für einige Stunden schaffte ich es, meine Gedanken an Charlotte in den Hintergrund zu stellen.

Aber nachts, wenn ich allein im Bett lag, war es mir nicht länger möglich, meine Sehnsucht nach ihr zu ignorieren. Am Mittwoch war das Verlangen, sie anzurufen, so groß gewesen, dass ich beinahe nachgegeben hätte. Der Gedanke, dass sie abends ihre Show im *Wild Lady* abzog, umgeben von Männern, die sie mit begehrlichen Blicken auszogen und wenn ich nicht da war, um sie zu schützen, machte mich krank vor Eifersucht. Sie sollte mir gehören. Sich nur für mich auf diese Art bewegen. Allein das Wissen, dass ich Vince anrufen und ihn bitten musste, mir Charlottes Handynummer aus dem Personalbogen zu suchen, hielt mich davon ab, sie zu kontaktieren. Täte ich das, würde ich jeden Verdacht bestätigen, der gerade im Raum stand. Also hielt ich mich zurück.

Doch kaum war ich aus dem Flieger gestiegen und betrat New Yorker Boden, war es um meine

Selbstbeherrschung geschehen. Ich musste sie sehen. Auch wenn es falsch war.

***

Charly

Mit einem Pinsel fuhr ich sanft über mein rechtes Augenlid und verteilte den rosa Puder darauf. Dann griff ich nach der Wimperntusche und verpasste meinem Bühnen-Make-up den letzten Feinschliff. Ich hätte mich auch an den Fake-Wimpern bedienen können, die wir reichlich auf Vorrat hatten, aber die Dinger gaben mir das Gefühl, als wären meine Augen tonnenschwer. Und wenn ich an der Stange tanzte, wollte ich mich federleicht fühlen.

Ich legte das Fläschchen mit der Wimperntusche beiseite, überprüfte mein Styling und wischte mit einem Taschentuch über die Stellen, die ein bisschen zu viel abbekommen hatten.

Ein Blick auf die Uhr. Noch fünfzehn Minuten bis zu meiner Show. Zeit, hinter die Bühne zu gehen und mich warm zu machen. Gerade als ich den Backstage-Bereich erreichte, kam Cash mir entgegen. »Süße, dein Auftritt wurde abgesagt«, sagte sie schon von Weitem und ich blieb stehen.

»Wie bitte? Warum denn das?«, fragte ich aufgebracht. »Ist es, weil ich letzte Woche zwei

Choreos in den Sand gesetzt habe?« Zugegeben, dank meiner Wut auf Adam war ich nicht in Topform gewesen. Aber war das ein Grund, mich gleich abzusägen?

»Nein, nicht deswegen. Keine Sorge«, beruhigte Cash mich. Trotzdem entspannte ich mich nicht. Meine Show war abgesagt. Kein gutes Zeichen. Wie sollte ich ein Publikumsmagnet werden, wenn ich nicht auf die Bühne durfte? Ich musste dringend mehr Geld verdienen. Heute Mittag hatte ich mit meiner Mutter telefoniert und sie klang noch erschöpfter als sonst. Lange konnte das so nicht weitergehen.

»Was ist es dann?«, fragte ich ungehalten. »Ich will tanzen.«

»Wirst du«, kam es wie aus der Pistole geschossen. »Im Privatraum.«

Ich starrte Cash entgeistert an. Bis zu diesem Zeitpunkt hatte ich nicht einmal gewusst, dass das *Wild Lady* einen Privatraum hatte.

»Was?«, brachte ich bloß hervor, und Cash zog mich mit sich, während sie mir alles erklärte.

»Ein Mann hat dich für einen exklusiven Abend gebucht. Du hast ihm offensichtlich gefallen, und er will, dass du für ihn tanzt. Vier Stunden, bis Ladenschluss.«

Ein mulmiges Gefühl machte sich in mir breit. »Weißt du, wer der Mann ist?«, fragte ich Cash. Leider schüttelte sie den Kopf.

»Dimitri hat alles geklärt.«

»Ich will das nicht tun«, wandte ich ein. »Ich fühle mich nicht wohl bei dem Gedanken.«

Es war das eine, vor einem großen Publikum aufzutreten. Zwar war ich halb nackt, aber ich stand auf einer Bühne. Außer Reichweite. Für einen Mann in einem abgesperrten Raum zu tanzen, wo nur er und ich uns aufhielten … das gefiel mir nicht.

Cash seufzte und setzte eine mitfühlende Miene auf. »Es tut mir leid, Süße. Aber wie es aussieht, hast du keine andere Wahl. Der Mann hat Dimitri viel Geld für die Zeit mit dir geboten und Dimitri ist ein geldgeiler Kerl. Wenn ihm die Einnahmen deinetwegen flöten gehen …« Sie ließ den Satz unbeendet.

»Kann es sein, dass er mich feuert«, sprach ich es aus.

Cash zuckte bedauernd mit den Schultern. Schnell ging ich meine Möglichkeiten durch. Dabei wurde mir klar, dass ich keine hatte. Ich konnte nicht riskieren, dass Dimitri mich rauswarf. Ich hatte ihn nie kennengelernt, aber dank Cashs Erzählungen wusste ich, dass er ein knallharter Typ war. Er würde kein Mitleid mit mir haben. Es ging nur um Profit, und wenn ich ihm nicht genug Geld einbrachte würde er eine Tänzerin suchen, die das tat.

»Okay, ich mache es«, gab ich mich geschlagen. »Wo ist dieser Privatraum?«

»Ich bring dich hin«, bot Cash an. Gemeinsam gingen wir eine Treppe neben der Bühne hinab, die mir bisher nicht aufgefallen war. »Der Bereich ist normalerweise gesperrt und wird nur bei Bedarf geöffnet«, erklärte Cash.

Wir nahmen die schmalen Stufen nach unten, langsam und darauf bedacht, nicht auszurutschen. Unten angekommen drang die Musik halblaut zu uns durch. Nur ein paar Kerzen erhellten den Gang und warfen flackerndes Licht an die Wände. Ich wusste nicht, ob ich die Atmosphäre als romantisch oder schaurig beschreiben sollte.

»Das ist der Raum«, sagte Cash und deutete mit dem Finger ans Ende des Ganges, wo eine mit Samt umkleidete Tür zu sehen war. Als ich darauf zugehen wollte, hielt sie mich zurück.

»Pass gut auf«, warnte sie mich mit leiser, eindringlicher Stimme. »Dimitri behauptet, der Raum sei videoüberwacht, aber das ist er nicht. Sei … sei einfach vorsichtig.«

»Bin ich, keine Sorge«, versuchte ich sie zu beruhigen, weil ihr Gesichtsausdruck mir verriet, dass sie Angst hatte. »Wird schon schiefgehen.«

»Ich komme sooft ich kann hier unten vorbei. Wenn was sein sollte, schrei so laut du kannst, okay?«

»Cash«, sagte ich ruhig und versuchte die Nervosität zu überspielen, die ihre Worte bei mir verursachten. »Es wird schon nichts passieren. Da drinnen sitzt einfach nur ein Kerl, der eine gute Show für sich alleine will. Mehr nicht.«

»Das hoffe ich«, erwiderte sie und drückte aufmunternd meine Hand. »Trotzdem sehe ich ab und zu nach.«

Ich schickte Cash wieder nach oben, weil ich wusste, dass sie dort gebraucht wurde. Wenn sie nicht selbst auf der Bühne stand, koordinierte sie die Auftritte der anderen Mädchen oder half hinter der Bar aus. Ich musste das allein schaffen.

Während ich auf die Tür zuging, redete ich mir dasselbe ein, was ich Cash eben gesagt hatte. Da drinnen saß nur ein Kerl, der eine Show für sich allein wollte. Mehr nicht.

Als ich die Hand auf die kalte Türklinke legte und sie runterdrückte, befiel mich ein ungutes Gefühl. Ich hatte meinen Job immer gerne gemacht, auch wenn ich wusste, dass manche Menschen ihn als anrüchig ansahen. Und obwohl ich es nicht mit einer konventionellen Arbeit zu tun hatte, hatte ich mich selten unbehaglich, unsicher oder gar gefährdet gefühlt. Diesen Raum zu betreten, gewissermaßen dazu gezwungen zu sein, es zu tun, zerrte an meinen Nerven und verschaffte mir zum ersten Mal seit Langem ein ungutes Gefühl bei dem, was ich tat.

Aber ich hatte keine andere Wahl. Ich dachte an Mom, meine Zukunft, mein Jahrespraktikum bei *Parker&Scott.* An alles, was mir das Geld, das ich in diesem Job einnahm, ermöglichte. Dann drückte ich die Klinke runter und stieß die Tür auf. Als ich sah, wer in dem Raum auf mich wartete, erstarrte ich.

Kapitel -14-

Adam

»Adam?«, stieß Charlotte verwirrt aus, als wäre ich gerade von den Toten auferstanden. »Was machst du hier?«

Sie war mitten in der Tür stehen geblieben und starrte mich an. Ihr blondes Haar fiel ihr in großen Locken über die Schultern. Sie hatte ein dezentes Make-up aufgetragen und trug einen dunkelblauen Spitzenbody mit einem Mäntelchen darüber. Gott … sie sah hinreißend aus, und in dem Moment, in dem ich sie ansah, begriff ich erst, *wie* sehr sie mir gefehlt hatte.

Ich ging langsam auf sie zu, genoss mit den Augen jeden Zentimeter des Anblicks, den sie mir bot. Als ich vor ihr stand, griff ich nach ihrer Hand und zog sie langsam mit mir in den Raum, ohne ihren Blick dabei zu verlieren. Dann kam ich noch näher, fasste an ihr vorbei, wobei meine Finger ihre Taille streiften, und schloss die Tür. Bei der leichten Berührung seufzte Charlotte leise.

»Du hast mir gefehlt«, raunte ich, nahm eine ihrer Haarsträhnen zwischen meine Finger. Ihr Parfum drang an meine Nase, und ich sog den Duft nach frischem Regen in mich auf, als wäre ich ein Süchtiger.

»Wirklich?«, fragte sie benommen. Unsere Körper berührten sich an zahlreichen Stellen. Ihre weiche Brust strich über meinen harten Oberkörper und sandte ein Ziehen direkt in meine Lenden. Mein ganzer Körper reagierte auf Charlotte. So heftig, wie ich es bisher nicht gekannt hatte. Ich wollte sie an mich ziehen, ihr die Kleider vom Leib streifen und ihr zeigen, wie sehr sie mir gefehlt hatte. Wie sehr ich sie begehrte. Aber ich war mir unserer Situation zu deutlich bewusst.

Plötzlich ging ein Ruck durch Charlottes Körper, sie versteifte sich unter meiner Berührung und zog sich einen Schritt von mir zurück. Ihr Gesicht wirkte verschlossen, als sie mich ansah. »Wieso tauchst du auf einmal hier auf? Ich dachte, du amüsierst dich lieber mit Linda.«

»Was?« Zunächst war ich so überrascht von ihrer Wut, dass es mir beinahe die Sprache verschlug. Dann fiel es mir wie Schuppen von den Augen. Sie war eifersüchtig. Charlotte war tatsächlich eifersüchtig auf Linda. Dabei konnte diese ihr nicht im Mindesten das Wasser reichen. Ihre Reaktion auf mein Ablenkungsmanöver amüsierte mich so sehr, dass sich ein breites Grinsen auf mein Gesicht stahl. Ein Fehler. Ein großer Fehler. Ihr Gesicht lief rot an vor

Wut, und sie schien drauf und dran, sich selbst zu vergessen.

»Hör zu«, beruhigte ich sie schnell, wollte sie an den Schultern fassen, doch Charlotte schüttelte meinen Griff ab. Also begnügte ich mich damit, die Hände locker in die Hosentasche zu schieben.

»Ich bin dir in der Kantine aus dem Weg gegangen, weil uns alle beobachtet haben. Ich habe es nur zu deinem Schutz getan. Das mit Linda war … eine Ablenkung. Ich wollte es dir erklären, aber ich musste spontan nach Texas fliegen und bin gerade erst in New York gelandet.«

Damit offenbarte ich ihr quasi, dass ich vom Flughafen auf direktem Weg zu ihr gekommen war.

»Du warst gar nicht in der Stadt?«, fragte Charlotte unsicher. Nicht bereit, mir einfach so zu glauben. »Und Linda war … Ihr habt nicht …?« Sie brach mitten im Satz ab und sah gequält zur Seite.

In dem Augenblick vergaß ich all meine Selbstbeherrschung. Ich nahm ihr Gesicht in meine Hand und wollte sie küssen. Erst im letzten Moment konnte ich mich stoppen, verharrte jedoch dicht an ihrem Gesicht, meine Stirn an ihre gelehnt.

»Linda ist nicht die Frau, die ich will«, flüsterte ich an ihrem Mund und beobachtete begierig, wie sich ihre Lippen leicht öffneten. Eine stumme Einladung.

Es kostete all meine Willenskraft, ihr nicht nachzukommen.

»Und wen willst du?«, fragte Charlotte heiser. Ihr Körper zitterte vor Verlangen. Ich spürte es überall dort, wo wir uns berührten. Ihre Stimme, ihre Lippen, die Art, wie sie sich verzweifelt an meiner Schulter festhielt. Alles in mir schrie, Charlotte zu nehmen und ihr alles zu geben, was sie sich von mir wünschte. Gott … ich war kurz davor … Sie wäre mein.

Doch das würde ich ihr nicht antun.

»Jemanden, den ich nicht haben darf«, antwortete ich und zog mich von ihr zurück. Gab mich der Realität geschlagen.

***

Charly

Ich war mir sicher, dass es passieren würde. Ich spürte Adams Lust. Fühlte sie mit jedem sehnsuchtsvollen Atemzug und ich wollte ihn. Aber er tat es nicht. Etwas hielt ihn davon ab, sich dem Verlangen hinzugeben. Stattdessen zog er sich von mir zurück und ließ mich allein stehen. Obwohl wir uns in diesem Raum so nahe waren, fühlte Adam sich für mich unerreichbar an. Wieso konnte er nicht einmal aufhören zu denken? Ich wusste, dass er mich wollte. Warum zum Teufel wehrte er sich so dagegen?

»Warum bist du gekommen?«, fragte ich und hatte zum ersten Mal die Gelegenheit, mich in dem Raum umzusehen. Die Wände waren mit Spiegeln ausgekleidet. Ein rötliches Licht schien von der Decke und tauchte alles in merkwürdige Schatten. In der Mitte glänzte eine Stange und rundherum war eine gepolsterte Ledersitzbank angebracht worden. In einer Ecke stand ein Tisch mit Champagner, Gläsern und einigen Rosenblüten daneben verstreut.

Das Ambiente weckte viele verschiedene Assoziationen in mir und keine davon hatte mit einem »harmlosen Tanz« zu tun.

Adam setzte sich auf die Bank, daher ging ich zu ihm und nahm mit etwas Abstand neben ihm Platz.

»Also?«, wiederholte ich, als er nicht reagierte. »Wieso bist du hier?«

Ein siegessicheres Lächeln spielte um seine Mundwinkel. »Ich habe mir einen Weg überlegt, wie wir unser Dilemma abwenden können.«

Ich sah ihn aufmerksam an, kam aber nicht darauf, wie eine private Aufführung die Lösung unseres Problems sein sollte.

»Du willst nicht aufhören zu tanzen, und ich kann nicht zulassen, dass dich jemand erkennt«, fasste er zusammen. »Also sorge ich dafür, dass kein anderer außer mir dich zu Gesicht bekommt. Ab sofort verbringst du deine Abende hier mit mir. Ich erwarte nicht, dass du tanzt, es geht nur darum, das Risiko zu minimieren, dass irgendwer dich auf der Bühne erkennen könnte.«

Mein erster Gedanke war, dass Adam den Verstand verloren hatte. »Das ist nicht dein Ernst«, sagte ich ungläubig. »Du kannst mich nicht jeden Abend mieten. Das … das ist verrückt. Außerdem kostet es ein Vermögen. Du …«

»Lass das meine Sorge sein«, antwortete er.

»Aber es ist Schwachsinn«, zischte ich wütend. Der Gedanke, jeden zweiten Abend mit einem Mann eingesperrt zu sein, der mich nicht beachtete, war zu viel für mich. Ich *wollte* tanzen. Brauchte es für mein seelisches Gleichgewicht.

»Es ist die einzige Lösung, die wir momentan haben.« Er sah mich an, als wäre die Diskussion beendet und seine Anwesenheit beschlossene Tatsache. Aber ich hatte bei der ganzen Angelegenheit auch noch ein Wörtchen mitzureden.

»Du könntest aufhören, so ein großes Ding um meinen Job zu machen, dann hätten wir kein Problem mehr.«

Er schüttelte knapp den Kopf. »Das ist keine Option. Finde dich damit ab, Charlotte. In den nächsten Abenden werde ich dir Gesellschaft leisten.«

»Das tust du wegen deiner Firma, nicht wahr?«, fragte ich leise und fühlte mich plötzlich, als hätte mir jemand tief in den Magen geschlagen.

»Nicht nur«, antwortete er unpräzise. Er wusste genau, was ich von ihm hören wollte. Was ich hören musste, damit diese Kluft zwischen uns verschwand. Stattdessen machte er sie mit seinem Verhalten noch tiefer.

»Ich glaube dir kein Wort«, fuhr ich ihn aufgebracht an. »Dir geht es nur um das Ansehen deiner Firma und darum, dass sie keinen Schaden nimmt. Ich bin dir bei der ganzen Sache völlig egal.«

Vielleicht war es unfair von mir, so etwas zu ihm zu sagen. Allein die Tatsache, dass er mich nicht einfach rauswarf, sondern nach einer Lösung suchte, zeigte mir ja, dass Adam sich etwas aus mir machte. Sonst würden wir nicht hier sitzen.

Vielleicht war ich undankbar, weil er all den Stress auf sich nahm, sein Geld und seine Zeit opferte, um mir die Chance auf ein Praktikum nicht wegzunehmen, aber der Frust in meinem Inneren hatte ein Level erreicht, bei dem ich ihn nicht mehr zurückhalten konnte.

Meine Situation, Adams Situation, das alles war so kompliziert, dass mir der Kopf schwirrte. Ich brauchte den Job im *Wild Lady,* ich wollte mein Praktikum bei *Parker&Scott* und ich begehrte Adam. Wie es aussah, ließen diese Dinge sich nicht vereinbaren.

Adam funkelte mich zornig an. Den Kiefer fest zusammengepresst und die Fäuste geballt. Ich wollte ihn aus der Reserve locken. Wollte, dass er losließ. Aber Adam Scott war wieder zum Meister der Selbstbeherrschung geworden. Der Ärger wich aus seinem Blick, so schnell wie er gekommen war, und er setzte eine neutrale Miene auf.

»Mir ist egal, was du glaubst. Meine Entscheidung ist gefallen«, sagte er kühl. Dann zog er sein Smartphone aus der Tasche seines Jacketts und beschäftigte sich den restlichen Abend damit, ohne mich noch einmal anzusehen.

Kapitel -15-
Charly

Tage vergingen und Adam legte seine kalte Fassade mir gegenüber nicht ab. Auf der Arbeit ging er mir aus dem Weg und an den Abenden, die wir gemeinsam im *Wild Lady* eingesperrt in einem winzigen Raum verbrachten, ignorierte er mich. Einmal hatte er sogar eine verdammte Zeitschrift mitgebracht, um sich zu beschäftigen, und ich schwöre, dass ich drauf und dran war, ihm mit seinem *National Geographic* die Seele aus dem Leib zu prügeln.

Es war der Donnerstag meiner dritten Woche in New York, aber ich fühlte mich so ausgelaugt, wie ich es eigentlich erst nach monatelangem Durcharbeiten tun sollte.

»Charly, was genau tust du da?«, riss Janes Stimme mich aus meinen Gedanken. Ich sah zunächst sie verwirrt an, dann Cosima und folgte deren Blick auf den Toast, der vor mir lag und den ich gerade mit einem Buttermesser zu Brei verarbeitet hatte.

»Ich schmiere Butter auf meinen Toast«, antwortete ich und knirschte mit den Zähnen. »Ist das nicht offensichtlich?«

»Für mich sieht das eher aus, als würdest du deinen Ärger an einem armen Stück Brot auslassen«, sagte Cosima.

»Möglich«, erwiderte ich knapp. Und auch nur, weil Abstreiten sinnlos war.

»Okay, wisst ihr was, wir haben alle eindeutig schlechte Laune«, rief Jane und klatschte motiviert in die Hände. »Das müssen wir ändern. Vorschläge?«

Sie hatte recht. Seit Tagen wirkten wir alle bedrückt. Keiner von uns redete darüber, aber wir kannten einander gut genug, um zu wissen, dass etwas nicht stimmte.

»Was haltet ihr von einem Mädelsabend? Den könnte ich gut gebrauchen«, ging Cos auf Janes Worte ein. »Wir sehen uns ein paar Filme an und kochen uns was leckeres.«

»Klingt gut«, nuschelte ich und schluckte das Stück Toast runter, das ich gerade abgebissen hatte. Jane nickte ebenfalls begeistert.

»Dann ist es beschlossene Sache. Heute nach der Arbeit. Treffpunkt: unsere Wohnung.«

Ich lächelte in meine Kaffeetasse und freute mich auf den gemeinsamen Abend mit meinen Freundinnen. In der letzten Woche hatten wir nur Zeit miteinander verbracht, wenn wir die Kisten gemeinsam ausgeräumt hatten. Was nicht wirklich unter Quality Time fiel. Ein Filmabend mit Essen war genau das, was ich brauchte. Heute musste ich ohnehin nicht ins *Wild Lady* und ein bisschen Ablenkung zu meinem Adam-Drama würde mir guttun.

»Hattest du die Bluse nicht gestern schon an?«, begrüßte Olivia mich schnippisch, als ich an diesem Morgen unser gemeinsames Büro betrat. Nicolas hob nur kurz seinen Kopf, nickte mir zu und versank dann wieder in seiner Arbeit. Zwar beteiligte er sich nicht an Olivias Zickereien, ergriff aber auch keine Partei für mich, was ihn in meinen Augen zu einem Schlappschwanz machte. Klar, er kannte mich kaum und im Grunde genommen waren wir Konkurrenten. Trotzdem, wenn ich in seiner Situation wäre, hätte ich den Mund aufgemacht und nicht zugelassen, dass meine Kollegin gemobbt wird. Meiner Meinung nach gehörte ein bisschen Solidarität einfach dazu.

»Du meinst eine schwarze Bluse?«, grüßte ich Olivia und setzte mich hinter meinen Schreibtisch. »Denkst du, ich besitze nur eine davon?«

Am Anfang war ich gut darin gewesen, ihr Kontra zu geben. Das ein oder andere Mal hatte ich sie mit meinen Sprüchen aus dem Konzept gebracht und mir damit ein paar Stunden Ruhe erkauft. Aber mit der Zeit ging mir die Energie aus. Ich war nicht der Typ, der mit angewinkelten Ellbogen auf der Arbeit herumlief. Anfangs hatte ich sogar gehofft, ein paar Freunde finden zu können. Zumindest nette Bekanntschaften. Aber wie sich herausstellte, herrschte derselbe Konkurrenzkampf, den es zwischen Olivia und mir gab, zwischen allen Mitarbeitern. Die Schuld dafür schob ich Finn zu, denn ich hatte erfahren, dass er die Angestellten mit Bonuszahlungen für besonders gute Leistungen anstachelte. So arbeitete keiner mehr Hand in Hand, sondern alle gegeneinander. Ich hatte also weder die Kraft, mich mit vollem Elan gegen Olivia zur Wehr zu setzen, noch die Hoffnung, dass sich meine Lage in nächster Zeit verbessern würde.

»Bei Leuten deinesgleichen weiß man das nie«, erwiderte Olivia bissig.

»Weißt du was? Spar dir deine Feindseligkeiten für jemanden auf, den es interessiert«, antwortete ich möglichst gelassen, spürte jedoch, wie meine Augen anfingen, verdächtig zu brennen. Innerlich fluchte ich und ermahnte mich, vor dieser Person bloß nicht in Tränen auszubrechen. Um mich abzulenken, ging ich meine Mails durch. Finn hatte mir die Organisation über eine Benefizveranstaltung der Firma zugeteilt.

Ich hatte die Einladungen verschickt und musste eine Übersicht führen, wer zu- und wer abgesagt hatte.

Nachdem ich meine Tabelle, die ich eigens dafür angelegt hatte, auf den neusten Stand gebracht hatte, nahm ich meine eigentliche Aufgabe in Angriff. Die Optimierung der Firmenkontaktliste. An der Sache hing ich seit Tagen, denn viele Namen kamen mehrfach vor. Irgendwer hatte alle Daten der Führungskräfte und Abteilungsleiter zusammengeworfen. Entstanden war eine ellenlange Excel-Tabelle, die ich aufräumen durfte. Während ich das tat, versuchte ich, nicht allzu frustriert darüber zu sein. Olivia und Nicolas bekamen ebenso unsinnige Aufgaben, was mich tröstete. Wir waren schließlich nur Praktikanten. Trotzdem fragte ich mich, wann ich das erste Mal bei einer Unternehmensberatung dabei sein durfte. Ich wollte Bilanzen prüfen, in den Büchern von Firmen versinken und mit ihnen Pläne für die Zukunft erstellen. Nicht meine Excel-Fähigkeiten verbessern. Dafür hätte ich auch einen Kurs belegen können.

Zeit für die Mittagspause, dachte ich mir, nachdem ich weitere zwei Stunden mit der Formatierung der Kontaktliste verbracht hatte. Meine Augen brannten vom ständigen Auf-den-Bildschirm-Starren und meine Schultern waren steif vor lauter Anspannung.

Ich beschloss, in die Küche zu gehen und mir einen Kaffee zu holen. Mit viel Zucker. Und eventuell, weil nur Zucker heute nicht ausreichte, noch Karamellsirup. Ohne ein Abschiedswort an Olivia oder Nicolas verließ ich das Büro. Wie gerne hätte ich hier eine Kollegin wie Cash gehabt.

Ich schob die trüben Gedanken beiseite und freute mich, dass mir ein paar Minuten Ruhe vergönnt waren. Vorbei an den Büros der anderen Mitarbeiter auf dieser Etage gelangte ich in die Küche. Als ich sah, dass niemand sonst sich gerade dort aufhielt, atmete ich erleichtert auf. Gerade war mir nicht nach Gesellschaft. Ich ging zu der hochglanzweißen Küchenzeile, auf der zwei Kaffeemaschinen standen. Ein Vollautomat und eine Kapselmaschine. Daneben befand sich eine große durchsichtige Glasschale mit Kapseln in allen möglichen Geschmacksrichtungen. Trotzdem entschied ich mich, wie immer, für den Vollautomaten. Nichts ging über frisch gemahlene Bohnen. Ich betätigte den Power-Knopf und holte mir eine Tasse aus dem Schrank, während die Maschine hochfuhr. Dann suchte ich nach Zucker, Kaffeesahne und Sirup. Gerade als mein Getränk fertig durch die Maschine gelaufen war, betrat hinter mir jemand die Küche.

»Hallo, Charlotte«, grüßte Finn mich. Ich drehte mich um und er sah mich begeistert an. »Holen Sie sich auch Nachschub?« Dabei hob er seine leere Kaffeetasse hoch, um zu verdeutlichen, weshalb er hier war.

»Hallo, Mr. Parker«, grüßte ich ihn höflich und rückte mit meinen Utensilien ein Stück zur Seite, damit er Platz hatte.

Schweigend standen wir nebeneinander, während ich Zucker in meinen Kaffee gab und er nach einer der Kapseln griff, um sie durch die Maschine laufen zu lassen. Obwohl es keinen direkten Grund gab, fühlte ich mich in seiner Nähe befangen. Bisher hatte ich kaum mit ihm geredet, es sei denn, er hatte mir neue Arbeitsanweisungen gegeben.

»Sie mögen es wohl süß, hm?«, fragte er neckisch. Ich sah ihn irritiert an und begriff erst, als er auf mein Getränk deutete. Ich hatte drei Löffel Zucker und einen großzügigen Schuss Sirup hinzugegeben.

»Oh«, machte ich. »Ja.«

»Das passt zu Ihnen.«

Ich starrte ihn an. In meinem Kopf ratterte es. Was meinte er damit? Finn sah mich aufmerksam an. Die Hüfte an die Arbeitsplatte gelehnt, studierte er meinen Körper. Auf einmal hatte ich das Gefühl, dass er viel zu dicht bei mir stand. Alles, wozu ich mich höflichkeitshalber durchringen konnte, war ein kurzes Zucken meiner Mundwinkel. Dann widmete ich mich wieder meiner Tasse und wollte schnellstmöglich aus der Küche verschwinden.

»Wissen Sie, Charlotte, ich wollte die ganze Zeit schon mit Ihnen reden«, fuhr Finn fort, und sein Tonfall hatte sich verändert. War geschmeidiger. Es ließ mich an die Art denken, wie er mit Olivia geredet hatte. Nur, dass ich daran keinen Gefallen fand.

»Ach ja?«, fragte ich und bemühte mich um einen fröhlichen Tonfall.

Die Tatsache, dass er mich heute nicht mit Ms. Summer anredete, stieß mir übel auf. »Worüber denn?« Innerlich verfluchte ich ihn, weil er mein Boss war. Jede andere Person hätte ich einfach stehen lassen können, aber bei ihm war das schwer.

»Darüber, was für eine großartige Arbeit Sie leisten«, antwortete Finn und beugte seinen Oberkörper leicht zu mir. Ein vielsagendes Lächeln umspielte seine Lippen.

Eines, von dem mir übel wurde. »Danke«, presste ich hervor und hielt mich davon ab, einen sarkastischen Kommentar hinterherzuschieben. Welche großartige Arbeit sollte das sein? Das Kopieren und Anlegen von Akten? Das Verschicken von Einladungen?

»Ich wünsche Ihnen noch einen schönen Tag.« Ich wollte mich eilig verabschieden und griff nach meiner Tasse. Aber Finn stellte sich mir in den Weg.

»Warten Sie«, forderte er mich auf, zu bleiben. »Was halten Sie davon, wenn wir Ihren Erfolg in der Firma feiern und über eine Erweiterung Ihrer Aufgaben reden?« Übelkeit stieg mir den Hals hinauf. »Vielleicht bei einem Abendessen?«

Mit starrem Blick folgte ich seinen Fingern, die langsam über meinen Arm strichen, hin zu meiner Schulter.

»Ich denke«, antwortete ich bedrohlich, »dass Sie als mein Vorgesetzter Ihre Hände bei sich behalten sollten.«

Ich bekam gerade noch mit, wie sein Gesichtsausdruck von selbstgefällig zu schockiert wechselte. Dann stürmte ich aus der Küche. Meine Tasse ließ ich zurück. Ich hatte genug damit zu tun, gegen meine Tränen anzukämpfen.

Mit hängenden Schultern, den Blick auf meine Füße gerichtet, ging ich das Stück von der U-Bahn-Station bis zu unserer Wohnung. Ich bekam kaum mit, was um mich herum geschah. Meine Gedanken hingen bei dem Aufeinandertreffen mit Finn fest. Vorhin hatte ich vor Wut geschäumt. Aber mit der Zeit ließ das nach und ein Gefühl von völliger Erschöpfung breitete sich in mir aus. Der Tag, nein, die ganze bisherige Woche mit all ihren Ereignissen hatte mich ausgelaugt.

Und es war erst Donnerstag. Olivia hasste mich. Für Nicolas existierte ich nicht. Die Aufgaben, die man mir an der Arbeit übertrug, waren lächerlich. Es gab nur einen Lichtblick. Adam. Doch der ignorierte mich, weil er mein Boss war und sich mir gegenüber nicht unangemessen verhalten wollte.

Verärgert trat ich eine leere Dose über den Gehweg.

Davon könnte Finn sich gerne eine Scheibe abschneiden. Denn der schien überhaupt kein Problem damit zu haben, mit seinen Angestellten zu flirten.

Während ich mich die Treppen zu unserer Wohnung hochquälte – ich vermisste es, einen Aufzug zu haben –, freute ich mich auf einen ruhigen Abend. Ich würde mich in mein Bett kuscheln und ein paar Folgen meiner Lieblingsserie *Orphan Black* auf Netflix schauen, auch wenn das wegen unseres fehlenden WLANs nur auf dem Handy ging, bis ich einschlief und diese bisher katastrophale Woche vergaß.

Aber der köstliche Duft, der aus unserer Wohnung kam und mir schon im Hausflur entgegenströmte, machte mir einen Strich durch die Rechnung. Stöhnend fiel mir ein, dass wir für heute einen Mädelsabend geplant hatten. Verdammt. Mir war gerade nicht nach Gesellschaft, aber ich konnte Jane und Cos nicht vor den Kopf stoßen. Deswegen atmete ich ein paarmal tief ein und aus, zog meine Mundwinkel ein bisschen nach oben und versuchte meinen Ärger auf Finn, Olivia und Co zu vergessen, damit die Falten auf meiner Stirn verschwanden. Erst als ich mir sicher war, dass ich ein halbwegs passables Bild abgab, betrat ich die Wohnung.

»Das riecht köstlich«, rief ich zur Begrüßung, während ich meine Jacke und Handtasche an der Garderobe aufhängte. Jane, die am Herd stand, drehte sich zu mir um. Sie trug eine rot-weiß gepunktete Kochschürze, das Haar hatte sie zu einem unordentlichen Dutt auf ihrem Kopf aufgetürmt und in der Hand hielt sie einen Holzkochlöffel.

»Da bist du ja«, freute sie sich. »Du hast das perfekte Timing. Essen ist gleich fertig. Cos ist schnell zum Mini-Markt an der Ecke gelaufen und holt uns eine Flasche Pepsi und Snacks.«

Ich ging zu ihr und lugte in den Backofen, der die Hauptquelle des köstlichen Geruchs war.

»Vegetarische Lasagne«, erklärte Jane. »Und das in der zweiten Auflaufform sind Möhren mit Honigmarinade. Außerdem gibt es einen schönen Beilagensalat.«

»Wow«, sagte ich und spürte, wie mir das Wasser im Mund zusammenlief. »Du hast dich selbst übertroffen.«

»Ach.« Jane winkte ab. »Das ist nichts. Nur eine Kleinigkeit.«

Ich grinste, weil ich wusste, dass sie das tatsächlich ernst meinte. Jane war in der Küche ein Naturtalent. Schon als wir klein waren, hatte sie es geliebt, mit Zutaten zu experimentieren. Damals war das öfter schiefgegangen, aber Cos und ich hatten uns nie anmerken lassen, wie eklig manche ihrer Kreationen waren. Mittlerweile zauberte sie aber eine Köstlichkeit nach der anderen.

Ich begann damit, den Tisch zu decken, faltete Servietten zusammen und zündete eine Kerze an, um es ein bisschen gemütlich für uns zu machen. Dann ging ich zum Kühlschrank und entdeckte eine angebrochene Flasche Rotwein, die ich auf drei Gläser aufteilte.

»Jetzt müssen wir nur noch auf Cosima warten, hoffentlich kommt sie bald, ich bin am Verhungern«, sagte Jane, schaltete den Ofen aus und holte die

Lasagne und die Möhren mit Topfhandschuhen heraus. Als hätte Cos gehört, dass wir ihren Namen ausgesprochen hatten, betrat sie die Wohnung fast im selben Moment.

»Sorry, Mädels«, rief sie, während sie sich die Schuhe abstreifte. »Im Mini-Markt war die Hölle los. Keine Ahnung wieso.«

Jane stellte die Auflaufformen mit einem Untersetzer auf dem Tisch ab und wir nahmen alle Platz. »Bedient euch und lasst es euch schmecken.«

Während ich mir ein großes Stück Lasagne mit viel knusprigem Käse auftat, dachte ich, dass das viel besser war, als allein in meinem Zimmer Netflix zu schauen und deprimiert zu sein.

Kapitel -16-

Charly

»Also wir haben *Wedding Planner, 27 Dresses, Manche mögen's heiß, Shaft* oder *Die unendliche Geschichte*«, präsentierte Cosima uns nach dem Essen ihre spärliche DVD-Sammlung.

»Ich bin für *Wedding Planner*«, sagte Jane. »J.Lo ist einfach bezaubernd.«

»Wirklich? Ich finde *Die unendliche Geschichte* toll«, widersprach ich. »Den Film habe ich als Kind regelmäßig angeschaut.«

»Wir können beide nacheinander gucken«, mischte Cos sich ein.

Meine Gedanken würden mich ohnehin wach halten, da war es besser, mir die ganze Nacht mit den Mädels Filme reinzuziehen.

»Klingt nach einem Plan«, stimmte ich daher zu.

Ohne WLAN mussten wir uns mit den Filmen zufriedengeben, die uns zur Auswahl standen. Ich war froh, dass Jane überhaupt DVDs mitgenommen hatte. Ich hatte meine in Chicago gelassen, weil ich dachte, dass ich ohnehin nur Netflix schauen würde. Tja, das hatte ich davon. Jetzt konnte ich meine Serien im Miniformat auf dem Smartphone ansehen, und das auch nur, wenn ich mich im Büro ins Internet einwählte und die Folgen runterlud.

Zehn Minuten später hatte Cos es geschafft, unseren alten DVD-Player an unseren noch älteren Fernseher anzuschließen und den Film einzulegen. Wir hatten es uns auf der Couch gemütlich gemacht, eine Tüte Chips auf drei Schüsseln aufgeteilt und eine Packung mit Schokoriegeln mitgenommen. Der Filmmarathon konnte beginnen.

Als das Intro von *Wedding Planner* lief, fiel mir auf, wie alt der Film mittlerweile war. Bis mir schlagartig bewusst wurde, dass ich ihn als Teenager zum ersten Mal gesehen hatte, was bedeutete, dass *ich* alt war. »O Gott«, stieß ich hervor und teilte meine Gedanken mit den anderen. »Wir sind hundert.«

»Jup«, kam es nüchtern von beiden Seiten.

»Ich fühle mich gerade wie eine Oma«, kommentierte Cosima. »Könnt ihr glauben, dass J.Lo mittlerweile fünfzig Jahre alt ist?«

»Und sie hat immer noch einen besseren Körper als ich mit fünfundzwanzig«, stellte Jane belustigt fest. »Ich meine, ich könnte die Chips weglassen, aber mal im Ernst ... lohnt sich das?«

Sie sah fragend in die Runde.

»Na ja, die Männer im wahren Leben sehen auch nicht aus wie Matthew McConaughey. Und benehmen sich auch nicht so«, meinte Cosima. Jane und ich nickten zustimmend. Obwohl mein erster

Gedanke war, dass Matthew McConaughey neben Adam wie ein ekliger Troll aussah.

»Schön wär's«, stieß ich abfällig hervor, was mir skeptische Blicke meiner Freundinnen einbrachte.

»Raus mit der Sprache«, sagte Cosima sofort. Ich zog die Beine vor den Oberkörper und wich ihrem Blick aus.

»Ich meinte nur, dass er im Film zu seinen Gefühlen steht. Er gesteht, dass er sich an dem Abend beim Tanzen zu ihr hingezogen gefühlt hat. Auch wenn es unter den Umständen nicht so hätte sein sollen. Das finde ich … mutig.«

»Mhm. Um wen geht's?«, wollte Cosima wissen. Jane drehte sich neugierig zu mir um.

»Um niemanden. Ich habe über Männer im Allgemeinen gesprochen«, log ich wenig glaubwürdig.

»Pf«, machte Jane abfällig. »Hältst du uns für so dumm? Wir merken seit Tagen, dass etwas mit dir nicht stimmt.«

»Mit euch auch nicht«, schimpfte ich und machte auf die Tatsache aufmerksam, dass Cos die ganze Woche über verdächtig ruhig gewesen war und Jane regelmäßig vor Wut gekocht hatte.

Aber meine Freundinnen hatten sich offensichtlich gegen mich verschworen.

»Es geht nicht um uns, sondern um dich. Also von welchem Mann reden wir?«

»Matthew McConaughey?«, versuchte ich schwach, erntete jedoch nur böse Blicke. Seufzend gab ich nach und erzählte den beiden die Geschichte mit Adam. Sie würden ohnehin keine Ruhe geben, bis ich ihnen alles verraten hatte. Dabei ließ ich meinen Job im *Wild Lady* selbstverständlich aus. Ich erzählte ihnen nur, dass ich meinen Boss geküsst hatte – oder besser er mich – und dass ich ihn mochte, er mir aber aus dem Weg ging.

»Er will sich nicht unangemessen verhalten«, äffte ich Adam nach und verschränkte wütend die Arme vor der Brust. »Aber ich spüre, dass er mich auch mag. Er ist nur so verdammt stur! Was soll ich denn jetzt machen?«

Es tat gut, mich bei meinen Freundinnen auszuheulen und meine Sorgen mit ihnen zu teilen. Auch wenn ich ihnen nicht die ganze Wahrheit sagen konnte. Aber ich fühlte mich dadurch weniger einsam. Ich berichtete ihnen ebenfalls von Finns Flirtversuch und Olivias Feindseligkeit.

»Dieser Olivia würde ich gerne zwischen die Beine treten«, fluchte Cos und ballte wütend die Hände zu Fäusten. Jane sah sie merkwürdig an.

»Tut das nicht nur bei Männern weh?«, fragte sie skeptisch und ich verkniff mir ein Lachen.

»Schon mal breitbeinig auf eine Fahrradstange gefallen?«, fragte Cosima mit hochgezogener Augenbraue und Jane schüttelte verwirrt den Kopf.

»Nein«, sagte sie langsam und zog das Wort in die Länge.

»Sehr gut, wenigstens eine von uns, die noch Kinder kriegen kann.«

Dank dieses Kommentars konnte ich mir mein Lachen nicht länger verkneifen. Cosima stimmte mit ein und irgendwann auch Jane. Das liebte ich an meinen Freundinnen, sie konnten mich in jeder Situation aufmuntern.

Als unser Lachanfall abebbte, ging ich zum Wohnzimmerfenster, öffnete es und ließ ein wenig frische Herbstluft in die Wohnung. Dann blickte ich hinaus auf die Straße, die belebt und voller Menschen war.

»Was soll ich nur tun?«, fragte ich erneut. »Ich meine mit Adam. Ich … ich mag ihn«, fügte ich hinzu, sah meine Freundinnen aber nicht an. Ich spürte ihre Blicke im Rücken. Kurz darauf standen sie neben mir. Jane umarmte mich von der Seite.

»Du sagst, er steht auf dich und dass die Küsse von ihm aus gekommen sind«, fasste Cos zusammen und ich nickte. »Also kann er sich nicht so gut beherrschen, wie er es gerne behauptet.«

»Na ja«, widersprach ich. »Als er mich die ganze Woche ignoriert hat, sah das nicht so aus.«

»Hm«, machte Jane. »Du müsstest ihn in einer lockereren Umgebung treffen. Im Büro wird er zu sehr an seine Position als dein Chef erinnert.«

Dabei dachte ich an den Privatraum im *Wild Lady*. Lockerer ging es wohl kaum.

»Und dann?«, fragte ich hellhörig geworden. »Was mache ich, wenn ich ihn in so einer Umgebung habe?«

»Du verführst ihn«, sagte Cos, als läge die Antwort auf der Hand. »Er fährt eindeutig auf dich ab und jede Selbstbeherrschung hat ihre Grenzen.«

Ich dachte über Cosimas Worte nach. Adam ignorierte mich zwar, war aber dennoch jeden Abend in der Bar aufgetaucht, wenn er wusste, dass ich arbeitete. Vielleicht lag das auch daran, dass er meine Nähe suchte? Auf jeden Fall ergab das, was meine Freundinnen sagten, Sinn.

»Ihr meint also, dass ich die Sache selbst in die Hand nehmen soll?«

Cos zuckte mit den Schultern. »Klar, selbst ist die Frau.«

»Ich weiß nicht«, sagte ich unsicher. »Was ist, wenn er mir eine Abfuhr gibt?«

Die Vorstellung, dass ich erfolglos versuchte, Adam zu verführen, war mir unglaublich peinlich.

»Dann weißt du wenigstens, woran du bist, und kannst ihn dir aus dem Kopf schlagen. Außerdem hast du noch deinen anderen Boss, um dich über Adam hinwegzutrösten.«

Der Gedanke, dass Finn mein Trostpflaster sein sollte, ließ mich vor Ekel heftig den Kopf schütteln. Es war nicht so, dass er schlecht aussah. Ganz im Gegenteil, er war ein attraktiver Mann. Aber etwas an seiner Art brachte in meinen unteren Regionen alles zum Einfrieren. Wohingegen Adam meinen Körper mit einem einzigen Kuss in ein lichterloh brennendes Feuerwerk verwandelte.

»Also gut«, sagte ich entschlossen. »Ich tue es. Ich verführe meinen Boss.«

Jane und Cos klatschten aufgeregt in die Hände.

»O mein Gott, Charly wird als Erste von uns in New York Sex haben«, jubelte Jane und ich sah sie mit hochgezogener Augenbraue an.

»Ist das ihr Ernst?«, meinte ich an Cosima gewandt, die plötzlich ganz still geworden war. Auffällig still.

»Cooooos?«, fragte ich lang gezogen. »Du verheimlichst uns was!«

Sie wich meinem Blick aus, quetschte sich zwischen uns durch und ging in die Küche, um sich ein Glas Wasser zu holen.

»Ihr seid verrückt«, plapperte sie aufgeregt. »Ich verheimliche euch nichts.«

Jane und ich sahen uns an.

»Du hattest Sex!«, riefen wir im Chor und Cosima zuckte zusammen.

»Gut, dass das jetzt auch die Nachbarn wissen.«

»O mein Gott, also stimmt es?«, schrie Jane und stürzte auf sie zu. »Wer? Wie heißt er? Wie sieht er aus? Wann habt ihr es getan? Ich muss alles wissen!«

Aber anders als ich schwieg Cosima eisern. Sie teilte nicht die kleinste Info mit uns, auch wenn wir sie den ganzen Abend über nervten.

»War das der Grund, weswegen du in letzter Zeit ständig am Handy gehangen hast?«, fragte ich, als wir gerade dabei waren, die Küche aufzuräumen und uns bettfertig zu machen. »Du hast gesagt, du steckst in Schwierigkeiten … hat das was mit dem Typen zu tun?«

»Mehr oder weniger«, rutschte es ihr raus und sie schlug sich die Hand vor den Mund. »Okay, das wars. Thema beendet. Von mir erfahrt ihr nichts mehr.«

»O komm schon, Cos«, jammerten Jane und ich. Wir waren wirklich neugierige Freundinnen. Aber Cos gab uns eine eiskalte Abfuhr. Sie war schon halb im Badezimmer verschwunden, als sie uns etwas über die Schulter zurief.

»Ich gehe duschen, danach lege ich mich schlafen«, teilte sie uns mit und schlug die Tür zu. Ein dezenter Rausschmiss aus dem Wohnzimmer, welches gleichzeitig ihr Schlafzimmer war.

»Wusstest du davon?«, fragte Jane. Ich schüttelte den Kopf.

»Hatte keine Ahnung.«

»Unglaublich, dass sie Geheimnisse vor uns hat«, sagte Jane, und ich versuchte, nicht zusammenzuzucken. Wenn meine Freundinnen wüssten, was ich seit Jahren vor ihnen verheimlichte, würden sie mir nie verzeihen. Zum Glück wechselte Jane schnell das Thema.

»Hältst du uns auf dem Laufenden, was Adam angeht?«

»Du meinst, wenn ich es schaffe, ihn zu verführen?«, fragte ich und wackelte vielsagend mit den Augenbrauen. Jane lachte.

»Genau dann.«

»Klar, im Gegensatz zu Cos lasse ich euch gerne an meinem Sexleben teilhaben«, betonte ich und wischte ein letztes Mal über den Esstisch.

»Das Merkwürdige ist«, sagte Jane und trocknete das saubere Geschirr ab, »dass Cos normalerweise sehr offen ist, was das angeht. Erinnerst du dich noch an ihr erstes Mal? Sie ist sofort zu uns gerannt, um uns davon zu berichten. Deswegen verstehe ich nicht, warum sie jetzt so ein Geheimnis daraus macht.«

Ich dachte über ihre Worte nach. »Ich glaube, dass unsere Freundin sich zum ersten Mal in ihrem Leben verliebt hat«, kam ich zu der einzig logischen Schlussfolgerung. Wenn Cos nicht mit uns redete, musste das einen Grund haben. Sie war locker, wenn es um belanglosen Sex ging. Aber ihre Gefühle … die hütete Cos schon immer wie einen Schatz. Jane machte ein zustimmendes Geräusch.

»Wie sieht es bei dir aus?«, fragte ich und räumte alles in die Schränke ein, was sie abgetrocknet hatte. Ihre Wangen liefen rot an.

»Nichts. Bei mir tut sich nichts. Ewiger Single und so, du weißt schon.«

Ich sah sie skeptisch an.

»Das klingt, als wäre Cosima nicht die Einzige mit einem Geheimnis.«

Kapitel -17-

Adam

Erschöpft von der vergangenen Woche tippte ich am Freitagabend die letzten Worte einer Mail an Derek und Bert in Texas. Als ich auf *Senden* klickte, war das für mich gleichbedeutend mit Feierabend. Ich erhob mich von meinem Stuhl und griff mit steifen Gliedern nach meinem Sakko, das ich über die Rückenlehne gehängt hatte.

Mittlerweile war es draußen schon fast dunkel. Dämmriges Licht fiel durch die deckenhohen Fenster herein. Ich seufzte und knöpfte mein Sakko zu. Es war wahrlich eine lange Woche gewesen. Tagsüber war ich Charlotte bestmöglich aus dem Weg gegangen. Abends hatte ich Stunden eingesperrt mit ihr in einem Raum verbracht. Getan, als ignorierte ich sie, dabei war ich mir jedem ihrer Atemzüge, jeder Bewegung, jedes Blickes deutlich bewusst. Es kostete mich meine ganze Willenskraft, ihr so nahe zu sein und sie nicht zu berühren. Sie nicht zu küssen. Ihren Körper nicht gegen meinen zu pressen.

Während der Zeit in diesem winzigen Privatraum, umgeben von ihrem betörenden Duft, stahlen sich die unterschiedlichsten Bilder in meinen Kopf. Bilder, deren Versuchung ich nicht erliegen durfte. Es war die reinste Folter. Noch schlimmer waren ihre freien

Tage, an denen ich sie gar nicht sah – wie gestern. Dann wusste ich nicht, was sie tat. Bei wem sie war. Ob sie an mich dachte. Ich wusste nicht, was die größere Folter für mich darstellte.

Von meinen eigenen Gedanken verstimmt, verließ ich mein Büro mit grimmiger Miene. Vince wünschte mir ein schönes Wochenende, was ich mit einem missmutigen Brummen erwiderte. Ich würde den Samstag und Sonntag mit Arbeit verbringen, wie immer. Mein einziger Lichtblick waren meine Besuche bei Charlotte heute und morgen Abend.

Ich hatte den Aufzug schon fast erreicht, da hielt mich eine vertraute Stimme hinter mir zurück. »Adam«, rief sie und ich blieb stehen. Widerwillig drehte ich mich um.

»Miriam«, grüßte ich Finns Mutter höflich, die fröhlich auf mich zukam, und ließ ihre angedeutete Umarmung über mich ergehen. »Wie schön, dich zu sehen.«

»Bertram und ich sind nur für zwei Tage in der Stadt, aber wir wollten es uns nicht nehmen lassen, euch zu besuchen«, antwortete sie und strich ihr beiges Kostüm glatt. Ihr schwarzes Haar war zu einem Dutt in ihrem Nacken gebunden. Ihr Äußeres passte zu dem hochtrabenden Tonfall, mit dem sie sprach.

Ich konnte von Glück sagen, dass Finns Eltern vor einigen Jahren nach Florida gezogen waren und sich nur selten blicken ließen. Lange Zeit am Stück ertrug man die beiden nicht. Vor allem nicht gleichzeitig. Wie aufs Stichwort, als hätte er meine Gedanken gehört, erschien Bertram um die Ecke und gesellte sich zu uns.

»Ah, Adam«, rief er mit rauchig belegter Stimme. »Bekommen wir dich auch mal zu Gesicht.«

Unser letztes Aufeinandertreffen war über ein halbes Jahr her. Wenn es nach mir ging, hätte das auch so bleiben können. Miriam und Bertram gehörten zu der Sorte Mensch, die ihr Gegenüber stets beurteilten. Trotzdem benahm ich mich ihnen gegenüber so, als erfreute mich ihr Besuch bei uns. Schließlich hatten Finn und ich ihnen viel zu verdanken.

»Bertram, ich habe gerade zu Miriam gesagt, wie schön es ist, Sie in New York zu sehen. Wie ich gehört habe, ist Ihr Aufenthalt leider von kurzer Dauer.« Ich versuchte, möglichst viel Bedauern in meine Stimme zu legen.

»Diese Stadt bekommt uns nicht«, erwiderte Bertram und verzog das Gesicht. »Lärm, Müll, der Verkehr ist die reinste Katastrophe, und wenn man sich an das Klima von Florida gewöhnt hat …« Er ließ den Satz unbeendet und bekam einen schwärmerischen Gesichtsausdruck.

»Dann gefällt es Ihnen dort?«, fragte ich höflich, obwohl die Antwort klar war. Bertram nutzte jede Gelegenheit, um New York schlecht zu machen. Er hatte sogar einmal vorgeschlagen, dass wir unser Büro nach Florida verlagern sollten. Eine Idee, die wir im Keim erstickt hatten.

»Gefallen?«, rief er. »Es ist hervorragend.« Miriam neben ihm nickte und legte ihrem Gatten eine Hand auf den Unterarm.

»Wir sind froh, diese Entscheidung getroffen zu haben. Obwohl wir uns am Anfang nicht sicher waren, ob wir unsere Zelte in New York einfach so abbrechen können.«

Etwas an der Art, wie sie das sagte, ließ mich aufhorchen und nachfragen. »Was meinen Sie?«

Miriam schien meine Nachfrage unangenehm zu sein. Sie winkte ab und setzte an, das Thema zu wechseln, doch Bertram unterbrach sie.

»Was meine Frau sagen will, ist, dass wir bei unserem Umzug große Sorgen um die Firma hatten. Die sich glücklicherweise als unnötig erwiesen haben.«

Bertram wirkte sehr zufrieden mit seiner Antwort. Ich runzelte nachdenklich die Stirn. Warum sollten sie sich Sorgen gemacht haben? Vor vier Jahren, als sie ihren Umzug geplant hatten, hatte *Parker&Scott* bereits schwarze Zahlen geschrieben.

»Sorgen? Inwiefern?«, bemühte ich mich um einen ruhigen Tonfall. An Miriams Gesicht erkannte ich, dass ihr die Schärfe meiner Worte nicht entgangen war. Schnell schaltete sie sich wieder in die Unterhaltung ein.

»Ach, Adam, das ist längst Schnee von gestern. Mit Ihrer großartigen Arbeit haben Sie uns restlos überzeugt. Es besteht kein Grund, ein vergangenes Thema unnötig anzuschneiden.«

Sie restlos überzeugt … die Gedanken rasten in meinem Kopf. »Sie hatten Zweifel. Meinetwegen«, sprach ich das Offensichtliche aus.

Bertram machte eine wegwerfende Handbewegung. »Die gehören längst der Vergangenheit an. Wir hätten unser Geld nicht besser investieren können.«

Ich funkelte ihn wütend an. »Aus welchem Grund haben Sie gezweifelt?«, fragte ich, obwohl ich mir sicher war, die Antwort bereits zu kennen.

»Das ist unwichtig«, versuchte Miriam zu schlichten. Ich ignorierte sie und starrte Bertram an.

»Ich will es wissen.«

Schließlich gab er sich seufzend geschlagen. »Verstehen Sie uns nicht falsch, Adam. Wir mögen Sie sehr gerne. Aber die Summe, die wir Ihnen gegeben haben, war hoch. Daher können Sie sicher verstehen, dass wir anfangs unsere Zweifel hatten.«

Bertram redete um den heißen Brei herum. Mir entging nicht, dass er mir meine Frage noch immer nicht richtig beantwortet hatte. Und dass sie mich bei ihrem Umzug nach Florida bereits zwei Jahre gekannt hatten. Mit *anfangs* hatte das nichts zu tun. Im Kopf ging ich die Kunden durch, die ich in dieser Zeit für uns an Land gezogen hatte, und jene, die Finn beschaffen konnte. Unnötig zu erwähnen, wessen Liste länger war.

»Ich verstehe«, gab ich vor und fuhr mir mit der Hand über das Kinn. »Sie hatten Angst, dass Sie Ihr Geld falsch investieren. Wie schön, dass ich Sie überzeugen konnte.«

Miriam und Bertram atmeten erleichtert aus. Sie waren tatsächlich so dumm, meinen Sarkasmus nicht zu bemerken. »Sie sagen es. Sie haben sich vollständig als würdig erwiesen.«

Ich erstarrte und schenkte ihm einen eiskalten Blick, während es in meinem Inneren brodelte. Bertram gehörte zu den Menschen, die durch und durch von sich selbst überzeugt waren. Weswegen ihm meine

Stimmung nicht auffiel. Auch nicht seiner Frau, die ihren Mann gütig anhimmelte, als wäre jedes seiner Worte pures Gold. Die beiden kämen nie auf die Idee, dass etwas von dem, was sie sagten, unhöflich, verletzend oder respektlos sein könnte.

»Als Finn uns von eurer Idee berichtete, waren wir uns unsicher, ob jemand von Ihrem Stand mit dieser Summe umgehen könnte. Und mit der Verantwortung, die die Leitung über eine Unternehmensberatung in diesem Stil mit sich bringt. Ob Sie es schaffen würden, Klienten von sich zu überzeugen.«

Was er meinte, aber nicht aussprach, war, ob ein armer Junge irgendeinem reichen Sack etwas über optimierte Unternehmensführung und Vermögensberatung beibringen konnte.

»Aber wir haben darauf vertraut, dass Finn weiß, was er tut. Er hat Ihnen vertraut und zum Schluss haben Sie alle unsere Erwartungen übertroffen«, rief er begeistert und klatschte in die Hand.

Mit einem kurzen Blick und einem Räuspern schaffte ich es, all meine Wut beiseitezuschieben. So, wie ich es gelernt hatte. Ein Mann in meiner Position hatte Gefühlsausbrüche nicht nötig.

»Ich kann Ihnen nicht sagen, wie sehr mich das freut«, erwiderte ich mit einem kalten, schmallippigen Lächeln. »Nachdem ich als Jahrgangsbester von der Harvard-Universität abgegangen bin, während Finns Abschluss nur durchschnittlich war, und Referenzen aus führenden Kanzleien vorweisen kann, bei denen nicht viele Absolventen einen Praktikumsplatz ergattern können, war es mir ein besonderes Anliegen, Sie, Mr. und Mrs. Parker, zu überzeugen.«

Bertram richtete verlegen seine Krawatte, während seine Frau meinem Blick auswich. Dieses Mal war mein Tonfall unmissverständlich gewesen. Gut, vielleicht hatte ich meine Wut doch nicht ganz unterdrückt.

»Sie haben das falsch aufgefasst, Adam«, wollte Bertram mich beschwichtigen. »Wir wissen um Ihre Qualifikationen. Allein aus diesem Grund waren wir bereit, Ihnen das Geld zuzugestehen.«

Es verschlug mir die Sprache. *Zugestehen.* Als wäre ich ein Bittsteller und er mein großherziger Wohltäter. Ich war ein besserer Geschäftsmann, als Finn es je sein würde. Auch wenn er mein Partner war, sah die Wahrheit so aus, dass ich ihn mitzog. *Ich* hatte das Geschäftskonzept entwickelt. *Ich* hatte den Businessplan erstellt. *Ich* war monatelang Tag und Nacht auf Kundenterminen gewesen, um die ersten Aufträge an Land zu ziehen.

Das Geld, das Finns Eltern uns gegeben hatten, war kein Kredit gewesen, sondern eine Investition. Sie bekamen im Gegenzug Unternehmensanteile und verdienten sich dank mir dumm und dämlich. Eine so hohe Rendite bekam man bei keiner Bank, keiner Immobilie und kaum bei Aktiengeschäften. Ich hatte ihnen eine Goldgrube angeboten und heute stellten sie mich hin, als hätte ich sie um Geld angefleht.

Wie oft hatte ich den Unsinn geradebiegen müssen, den Finn verzapft hatte? Seine Fehler korrigiert, wie ich es bei den Kunden aus Texas getan hatte? Unzählige Male. Seine Eltern stellten es hin, als wäre mein Erfolg bloß ihrem Mitleid und meiner Freundschaft mit Finn geschuldet. Bevor ich etwas erwidern konnte, klopfte Bertram mir versöhnlich auf die Schulter.

»Zerbrechen Sie sich nicht den Kopf über Dinge, die längst der Vergangenheit angehören, Adam. Sie sind einer von uns. Ein Teil der High Society. Finn hat uns von den Kunden aus Texas berichtet. Ein wahrer Geldregen für uns alle.«

Die Worte, die ich darauf erwiderte, kamen ganz automatisch, und erst nachdem ich sie ausgesprochen hatte, merkte ich, dass es mehr oder weniger das war, was Charlotte zu mir gesagt hatte.

»Sie und ich, Bertram, wir werden nie gleich sein. Wir mögen mittlerweile am selben Punkt stehen, doch unser Weg war so unterschiedlich, dass wir nicht gleich sein können. Ich gehöre nicht zu Ihnen. Das werde ich nie. Und das will ich nicht.« Damit ließ ich sie stehen, ohne auf eine Antwort zu warten. Ich wusste, bei wem ich sein wollte.

Zornig schritt ich in dem Raum auf und ab. Wie ein eingesperrtes Tier. Die Hände zu Fäusten geballt, den Kiefer fest aufeinandergepresst. In mir brodelte es. Die Flammen der Wut schlugen so hoch, dass ich mich kaum beherrschen konnte.

Als ich das *Wild Lady* wie üblich durch den Vordereingang betrat, hatte der Türsteher mir einen langen, forschenden Blick zugeworfen. So, als wollte er abschätzen, ob ich Probleme machen würde. Am liebsten würde ich das. Am liebsten würde ich ihm, seinem Boss und jedem ekelhaften Kerl, der sich an halb nackten Frauen aufgeilte, ins Gesicht schlagen. Ich wollte mir Charlotte schnappen, sie raustragen und dafür sorgen, dass sie nie mehr hier arbeiten musste. Dass sie nie wieder diese Bühne betreten musste. Mein Zorn wurde von der Tatsache, dass ich mir den Mund fusselig reden konnte, sie mir dennoch nicht gehorchen würde, nur mehr angestachelt. Und es gab nichts, was ich dagegen tun konnte. Nichts, außer in diesem spärlich beleuchteten Raum auf sie zu warten.

Als ich nach endlosen Minuten hörte, wie die Tür geöffnet wurde, blieb ich mitten im Raum stehen. Ich spürte die Anspannung, die meinen ganzen Körper befallen hatte. Als Charlotte eintrat, machte sie nur einige unsichere Schritte herein, dann blieb sie stehen und sah mich fragend an. Sie spürte meine Wut. Jede Faser meines Körpers bebte davon. Mit den Augen fuhr ich ihre Kurven nach, sog jeden Zentimeter ihres Anblicks in mir auf. Heute trug sie ein marineblaues Spitzenset. Der BH hob ihre Brüste betörend an, der luftige Seidenmantel verhüllte ihre Figur kaum. Ich spürte, wie meine Selbstbeherrschung Risse bekam. So wäre sie auf die Bühne gegangen, wenn ich es nicht verhindert hätte.

»Schließ die Tür«, forderte ich mit scharfer Stimme. Sie folgte meiner Anweisung, im Gesicht noch immer den fragenden Ausdruck.

»Komm her«, befahl ich als Nächstes und beobachtete jeden ihrer Schritte wie ein Jäger auf der Lauer. Als sie nahe genug war, packte ich sie am Handgelenk, zog sie an mich und drückte sie mit meinem Körper gegen die Spiegelwand. Ein überraschter Laut entwich ihr.

»Adam?« Sie sah mich mit großen Augen an. Suchte in meinem Blick die Antwort auf die Frage, was sich verändert hatte. *Alles hat sich verändert.*

Ich stützte mich mit einer Hand zur Linken von Charlottes Kopf ab. Mit der anderen griff ich ihr Kinn und hob ihr Gesicht zu mir an, so, dass ihre Lippen sich automatisch ein Stück für mich öffneten.

»Ich hasse es, dich nur hier sehen zu können«, knurrte ich wütend. Mein Griff um ihr Kinn wurde fester. An meiner Brust spürte ich, wie ein Beben durch Charlottes Körper ging. Ihre Kurven drückten sich weich gegen mich. Meine Hand wanderte von ganz allein unter den Seidenmantel, legte sich auf die warme Haut ihres Rückens, kurz über ihrem Po.

»Es muss nicht so sein«, antwortete Charlotte und leckte sich nervös über die Unterlippe. Eine Geste, die meine ganze Aufmerksamkeit auf ihren vollen Mund lenkte. Ich wollte ihre Unterlippe zwischen meine Zähne nehmen und daran knabbern, bis ihr die Knie weich wurden und sie willig in meine Arme sank. Ich kämpfte gegen den Drang an. Zwang mich, auf das zu verzichten, was ich mehr als alles andere wollte. Sie.

Warum wehrte ich mich so sehr dagegen? Charlotte hatte recht. Es musste nicht so sein.

Nicht mehr in der Lage, mein Verlangen länger zu kontrollieren, beugte ich mich vor und drückte meinen Mund hart auf ihren, während ich ihr Kinn festhielt. Gleichzeitig zog ich ihren Unterkörper mit dem Arm dicht an meinen. Charlotte seufzte wohlig und kam mir mit ihrer Zunge entgegen. Ich spürte, wie ich hart wurde. Jetzt, wo ich nicht bereit war, länger auf sie zu verzichten, war ihr Mund nicht genug. Ich wollte alles von ihr.

Ohne unseren Kuss zu unterbrechen, streifte ich ihr den Seidenmantel von den Schultern. Lautlos fiel er zu Boden und sammelte sich um ihre Füße. Dann trat ich einen Schritt zurück und betrachtete Charlotte, die in Dessous und High Heels vor mir stand. Ihr Körper bot einen göttlichen Anblick.

»Zieh deinen BH aus«, wies ich sie hart an. »Langsam.«

Ihr Atem ging schneller, während sie mir protestlos gehorchte. Mit vorsichtigen Bewegungen fuhr sie mit der Hand an ihren Rücken, öffnete den Verschluss ihres BHs und ließ ihn langsam von den Schultern gleiten. Er fiel dorthin, wo bereits ihr Mantel lag, doch ich hatte keine Augen für das Stück Stoff. Stattdessen sog ich den Anblick von Charlottes vollen Brüsten wie ein Süchtiger in mir auf.

Ich wollte sie quälen. Ihre Lust bis ins Unermessliche steigern, bevor ich ihr Erlösung schenkte. Sie in den Wahnsinn treiben, so wie sie mich in den letzten Wochen in den Wahnsinn getrieben hatte.

»Stell dich vor die Stange«, knurrte ich ungeduldig. Charlotte sah mich einen Moment irritiert an, aber etwas in meinen Augen musste ihr geraten haben, besser keine Fragen zu stellen.

Wir standen nun direkt vor der Stange. Charlottes Po drückte gegen meine Erektion. Langsam hob ich unsere Arme an und führte ihre Hände an die Pole. Reflexartig hielt sie sich daran fest, wodurch sich ihr Oberkörper leicht vorbeugte.

Mit einer Hand ließ ich ihre Arme los, legte sie um ihren Bauch und zog sie dichter zu mir. Als ich meine harte Erektion gegen ihre weichen Rundungen drückte, seufzte sie leise und kam mir mit ihrer Bewegung entgegen.

Ich strich ihr das Haar aus dem Nacken und presste meine Lippen darauf. Leckte an ihrer empfindlichen Haut und atmete gleichzeitig ihren Duft ein, der meine Lust nur noch steigerte.

Ich ließ Charlottes Arme ganz los, aber sie konnte meine Gedanken lesen und hielt sich weiterhin fest. Rührte sich nicht von der Stelle, während ich ihren rechten Nippel zwischen zwei Finger nahm und hineinzwickte. Sie keuchte leise und beugte den Kopf ein Stück mehr, sodass ich besseren Zugang zu ihrem Hals hatte. Offensichtlich gefiel es ihr, wenn ich sie dominierte. Sie fügte sich meinem Willen, als hätte sie nur darauf gewartet.

Von ihrer Reaktion angestachelt, knetete ich ihre Brüste, bis ihr Atem laut und unregelmäßig ging. Als ich sah, wie ihr Griff um die Stange fester wurde, ließ ich meine Hand bedächtig an ihrem Körper hinabsinken, strich sanft über ihren flachen Bauch und fuhr mit den Fingerspitzen über den Bund ihres Spitzentangas. Ein Schaudern ging durch ihren Körper und Charlotte atmete zittrig aus.

»Adam.« Sie stöhnte meinen Namen auf solch lüsterne Weise, dass ich nicht länger widerstehen konnte. Ich packte sie und wirbelte sie ruckartig herum.

»Lass die Arme oben«, befahl ich ihr und zog mit geschmeidigen Bewegungen meine Krawatte aus. Charlotte gehorchte. An ihrem verschleierten Blick erkannte ich, dass die Lust sie vollständig im Griff hatte. Gut, genau so wollte ich sie sehen. Ich wickelte meine Krawatte abwechselnd um ihre Handgelenke und die Stange und band sie mit einem festen Knoten zusammen.

Charlotte stand nun mit ausgestreckten Armen da, ihre Brüste reckten sich mir voll und verführerisch entgegen, und ich begann unser kleines Spiel, indem ich eine von ihnen in den Mund nahm. Mit der Zunge fuhr ich über ihre Knospen. Umkreiste und leckte sie. Gleichzeitig versank ich mit meiner Hand in ihrem Höschen, verteilte ihre Feuchtigkeit mit meinen Fingern und genoss das Zucken, das durch ihren Körper ging. Ohne Vorwarnung drang ich mit zwei Fingern tief in sie ein und entlockte ihr einen erregten Schrei.

***

Charly

Adam verharrte nur einige Sekunden, um mir Zeit zu geben, mich an ihn zu gewöhnen, dann setzte seine Zunge das Spiel mit meinen Brüsten fort, während er seine Finger aus mir hinausgleiten ließ, um sie quälend langsam wieder in mich zu schieben. Verzweifelt versuchte ich mich ihm entgegenzudrücken, meine Hüfte schneller auf seinen Fingern zu bewegen, aber mit gefesselten Händen war ich ihm völlig ausgeliefert.

»Adam«, flehte ich und warf den Kopf in den Nacken. Als er in meine Brustwarze biss, gab ich einen erstickten Schrei von mir. Eine erneute Welle der Lust ging durch meinen Körper. Ich spürte, wie kurz vor dem Höhepunkt ich bereits war. Doch mit seinen langsamen, gemächlichen Bewegungen verwehrte Adam ihn mir. Er nahm meinen Körper, kostete ihn voll aus und würde mir erst dann etwas zurückgeben, wenn er es wollte. Ich verstand, was er mir damit sagte. Er entschied, wann er mich von dieser Qual erlöste. Wann er mich kommen ließ. Das war seine Art, sich für meinen Ungehorsam der letzten Wochen zu rächen. Ein Teil von mir hasste ihn dafür, dass er so die Kontrolle über mich erlangte. Der andere Teil, der viel größere, war bereit, alles für die

Gefühle in Kauf zu nehmen, die er mir gerade bescherte. Vor lauter Verlangen konnte ich keinen klaren Gedanken mehr fassen.

Seit Wochen wünschte ich mir, dass Adam aufhörte, sich gegen die Anziehungskraft zwischen uns zu wehren. Dass er seinem Verlangen nachgab. Ich hatte fast nicht mehr daran geglaubt, dass der Tag noch kommen würde. Aber … ich hätte nicht gedacht, dass ich mit einer Explosion der Gefühle belohnt werden würde. Als Adam sich meinen Mund nahm, mit der Zunge hart in ihn eindrang und mich mit seinen Fingern stimulierte, stöhnte ich und schlang mein Bein um seine Hüfte, um mich ihm noch weiter zu öffnen. Ich konnte den Moment nicht erwarten, wenn er tief in mich eindringen würde. Aber ich war machtlos … gefesselt.

»Adam«, flehte ich erneut. »Bitte, nimm mich.« Um meine Worte zu unterstützen, ließ ich meine Hüfte an seiner Hand kreisen. Ich sah seine harte Erektion, seine zusammengebissenen Zähne und spürte, wie dringend er in mir sein wollte. Ich musste ihn nur etwas anstacheln.

»Nimm mich«, wisperte ich lasziv. Mit einem Knurren packte Adam meinen Hinterkopf und küsste mich heftig. Legte all seine Wut in diesen Kuss. Als er meine Unterlippe zwischen seine Zähne nahm und darauf biss, schmeckte ich Blut. Ihn so ungezügelt zu sehen, schickte kleine Stromstöße in meinen Schoß.

»Willst du, dass ich dich kommen lasse?«, fragte er mit rauer, vor Erregung belegter Stimme. Ich nickte atemlos.

»Bitte«, wimmerte ich und schämte mich nicht, ihm meine Bedürfnisse so offen zu zeigen.

Adam hielt meinen Blick fest. Seine Augen bohrten sich in meine, als er seine Finger unter den Bund meines Höschens legte und es mir von den Hüften schob. Als es auf dem Boden landete, zitterten meine Knie vor Verlangen und Aufregung. Adam trat einen Schritt zurück. Während er meinen nackten Körper betrachtete, knöpfte er gemächlich sein Hemd auf, als hätte er alle Zeit der Welt. Während ich vor Lust verging.

Als er Oberkörper frei vor mir stand, bestaunte ich seine harten Muskeln aus gesenkten Augenlidern. Ich wollte die Konturen seiner definierten Brust mit meinen Fingern nachfahren. Mit der Zunge über seine gebräunte Haut lecken. Ich erwartete, dass er sich ganz ausziehen würde. Was er nicht tat.

Stattdessen kam er auf mich zu. Langsam und geschmeidig wie ein Tiger. Sein Blick lag dunkel auf mir und sorgte dafür, dass mein Herz schneller schlug. Ohne aufzuhören, mich anzusehen, ging er langsam vor mir in die Knie. Als mir klar wurde, was er vorhatte, lief ein erregtes Zittern durch meinen ganzen Körper. Mit rauen Händen griff er nach meinem rechten Bein und legte es sich über die Schulter. Ich stöhnte, fühlte, wie mir die Hitze in die Wangen stieg. Aber Adam ließ mir keine Zeit, mich entblößt zu fühlen oder zu viel über die Situation nachzudenken.

Als seine Lippen zart die Innenseite meines Oberschenkels streiften, überzog eine Gänsehaut meinen ganzen Körper. Ich spürte seinen Atem und konnte mich nicht sattsehen an Adam, wie er vor mir kniete, den Kopf zwischen meinen Beinen. Mein Oberschenkel ruhte auf seiner starken Schulter. Ich wollte die Hände in seinem vollen, dunklen Haar vergraben. Ihn tiefer zwischen meine Beine ziehen, bis ich seine Zunge dort spüren konnte, wo das Feuer mich zu verbrennen drohte.

Aber Adam ließ sich alle Zeit der Welt und ich konnte nichts dagegen tun. Er verteilte Küsse auf der Innenseite meiner Schenkel, biss hinein oder quälte mich mit einer flüchtigen Berührung.

»Wieso tust du mir das an?«, wollte ich wissen. Schweiß stand auf meiner Stirn. Meine Knie zitterten und mein Körper war bereit, über die Klippe zu springen. Ich wartete bloß auf Adam.

»Du weißt wieso«, raunte er und sein Atem streifte erneut verführerisch über die Innenseite meiner Oberschenkel. Ich zog geräuschvoll die Luft ein und schloss die Augen.

Ohne Vorwarnung hob er auch mein zweites Bein an, warf es sich über die Schulter und ließ mich vom Boden abheben. Ich gab einen überraschten Laut von mir. Dann spürte ich seine Hände an meinem Po, die mich stabilisierten. Bevor er etwas sagen konnte, löschte seine Zunge jeden Gedanken, der sich gerade in mir bilden wollte, aus.

Er leckte mich nicht sanft, sondern fordernd. Trieb mich unerbittlich auf den Höhepunkt zu, den er mir so lange verwehrt hatte.

»Komm für mich«, knurrte er, und ich spürte, wie sich in meinem Schoß eine Explosion anbahnte. Verzweifelt versuchte ich, an der Stange Halt zu finden. Adam trieb mich erbarmungslos auf die Klippe zu. Sorgte mit seinen Fingern und seiner geschickten Zunge dafür, dass ich nur noch unzusammenhängende Sätze schreien konnte. Dann spürte ich, wie mein Orgasmus über mich hinwegrollte. Zuckend kam ich in Adams Mund, bis auch das letzte Beben meinen Körper losließ.

Jegliche Anspannung wich aus mir. Ich sackte zusammen und lediglich meine gefesselten Hände und Adams starke Arme hielten mich aufrecht. Auf seinem Gesicht lag ein schelmisches Grinsen.

»Ich bin noch lange nicht fertig mit dir«, raunte er verführerisch und löste meine Fesseln, damit ich in seine breiten Arme sinken konnte. Er fing mich auf und trug mich zu der ledernen Sitzbank. Ich wollte ihm das Gesicht zuwenden, ihn anfassen und küssen, ihm die Erleichterung verschaffen, die er mir geschenkt hatte, doch sobald er mich auf dem Boden vor der Bank abgestellt hatte, trat er hinter mich und band meine Hände erneut fest. Dieses Mal auf meinem Rücken.

»Du gehörst mir«, hauchte er an mein Ohr. »Die ganze Nacht.« Wohlige Schauer überzogen meinen Körper. Ich war so erschöpft, dass mir beinahe die Augen zufielen. Bei Adams Worten spürte ich, wie sich erneut Lust in mir anbahnte. Gefesselt stand ich da und wartete, was er als Nächstes tun würde.

Dann ging alles ganz schnell. Adam drückte mich auf die Sitzbank, bis ich darauf zum Knien kam. Durch meine gefesselten Hände konnte ich meinen Körper nicht aufrecht halten und sank mit dem Gesicht auf das kalte Leder. Ich versuchte den Kopf zu drehen und sah, wie Adam mich mit dunklem, leidenschaftlichem Blick verschlang, während er seine Gürtelschnalle öffnete.

»Sieh nach vorne«, befahl er. Ich gehorchte, obwohl es mir schwerfiel, mich von diesem Anblick zu lösen. Adam, der mich ansah, als wäre ich die köstlichste Beute, die er je gefangen hatte. Aus dem leichten Ziehen in meinem Schoß war ein sehnsüchtiges Brennen geworden. Ich wollte ihn in mir spüren. Als ich das Geräusch des Reißverschlusses seiner Hose vernahm, teilte ein lautloses Stöhnen meine Lippen. Im nächsten Moment spürte ich, wie sein Glied fest gegen meinen Eingang drückte. Ich wollte mich ihm entgegenstemmen, doch Adam vergrub seine Finger im weichen Fleisch meiner Hüfte und hielt mich fest.

»Halte still«, forderte er. »Ich will dir nicht wehtun.«

Er gab mir alle Zeit, die ich brauchte. Drang Stück für Stück in mich ein, bis ich mich an das unglaubliche Gefühl, das er mir gab, gewöhnt hatte. Als ich vor Lust wimmerte, zog er sich aus mir zurück und stieß im nächsten Moment tief in mich. Ich schrie laut auf und drängte ihm meine Hüften entgegen. Sein harter Stoß hatte einen Punkt in meinem Inneren berührt, der mich alles andere vergessen ließ.

»Adam«, keuchte ich seinen Namen und spürte, wie sich die Hitze in meinem Schoß sammelte. »Mehr.«

Dieses Mal beließ er es nicht bei einem Stoß. Eine Hand hielt meine Hüfte. Die andere grub sich in meine Schulter und drückte meinen Oberkörper in das kalte Leder, während er sich unerbittlich in mich trieb. Ich ballte meine Hände zu Fäusten und kniff die Augen zusammen, um der Intensität der Empfindungen standzuhalten.

»Du willst mehr? Ich gebe dir mehr«, knurrte er hinter mir. Bei jedem Wort klatschte seine Hüfte hart gegen mein Becken. Immer schneller, bis die Worte, die aus meinem Mund kamen, keinen Sinn mehr ergaben. Schmerz und Lust vermischten sich zu einer alles verschlingenden Masse.

Es war mir egal, ob uns jemand hörte. Alles, was zählte, war Adam. Sein Atem ging nur noch stoßweise. Ich hörte ihn knurren, stöhnen und spürte, wie sich seine Hand um meine Brüste schloss.

»Du fühlst dich so gut an«, zischte er und vollführte ein paar letzte, unkoordinierte Stöße, bevor er mit einem tiefen Stöhnen kam. Dann sackte sein Körper erschöpft auf meinem zusammen und drückte mich vollständig auf die Lederbank.

Das kalte Material klebte an meinen nackten Brüsten, aber ich interessierte mich nur für das Gewicht von Adams Körper auf meinem. Die Wärme, die mich umfing, und das Gefühl, dass er noch immer in mir war. Sein Atem traf auf mein Ohr und eine Gänsehaut breitete sich auf meinen Armen aus. Als mir klar wurde, was wir gerade getan hatten, legte sich ein befriedigter Ausdruck auf mein Gesicht.

»Das war unglaublich«, flüsterte ich, obwohl ich Angst hatte, den Moment mit den falschen Worten zu zerstören. Ich spürte das Beben von Adams Brust an meinem Rücken. Als er sprach, hörte ich die Freude in seiner Stimme.

»Das war es.«

Dann zog er sich langsam aus mir zurück und löste meine Fesseln. Ich wollte mich aufrichten, doch durch die kniende Position und die Fesseln waren meine Arme und Beine taub geworden. Ich konnte mich kaum rühren. Adam bemerkte es und half mir. Behutsam drehte er mich um und zog mich auf seinen Schoß. Seine starken Arme umschlossen mich und seine dunklen Augen suchten meinen Blick. Er hielt mein Gesicht in seinen Händen, vorsichtig, und legte dann sanft seine Lippen auf meine. Diese liebevolle Geste trieb mir beinahe die Tränen in die Augen. Sanft drang seine Zunge in meinen Mund, und er küsste mich so behutsam, als könnte ich jederzeit in seinen Armen zerbrechen.

Irgendwann löste er sich und beendete den zärtlichsten Kuss, den ich jemals bekommen hatte. Sein Blick suchte meinen und er strich mir mit dem Finger eine Haarsträhne aus dem Gesicht.

»Geh mit mir essen«, sagte er plötzlich und ich zog überrascht die Augenbrauen hoch.

»Was?«, fragte ich und konnte nicht verhindern, dass mein Herz vor lauter Hoffnung schneller schlug.

»Geh mit mir essen, bitte«, wiederholte er. »Ich möchte dich auf ein richtiges Date einladen.«

Ich traute meinen Ohren kaum. Es war genau das, was ich mir gewünscht hatte. Aber nach allem hätte ich nicht gedacht, dass ich darauf hoffen durfte.

Mit strahlenden Augen nickte ich und spürte, wie ein breites Lächeln meine Lippen teilte.

»Kannst du dir morgen freinehmen?«, fragte er und ich überlegte kurz. Vermutlich sollte das kein Problem darstellen, und ein Date mit Adam war es mir allemal wert, auf die Einnahmen eines Abends zu verzichten. Vielleicht konnte ich den Tag ja unter der Woche nachholen.

»Das sollte klappen«, antwortete ich optimistisch.

»Gut, ich hole dich morgen Abend ab. Du gehörst die ganze Nacht mir.« Er legte seine Stirn an meine und küsste mich erneut, während mein Herz Saltos vollführte.

Kapitel -18-

Charly

Als ich am Morgen zum zweiten Mal die Augen aufschlug, war es halb neun. Zuerst war ich um kurz nach sechs wach geworden, aber in der Wohnung war es noch ruhig gewesen. Außerdem hatten wir Wochenende, daher entschied ich mich, auszuschlafen, und drehte mich noch mal auf die andere Seite.

Mittlerweile erhellte die Sonne den Großteil meines Zimmers. Die dünnen Vorhänge, die ich vor die Fenster gehängt hatte, hielten das Licht kaum ab. Ich setzte mich im Bett auf, streckte die Arme und gähnte laut. Seit gestern Nacht hatte eine unbekannte Zufriedenheit meinen Körper in Besitz genommen. Ein Gefühl, das ich so noch nie verspürt hatte. Ich wusste, dass es mit Adam, unserem wahnsinnigen Sex und der Aussicht auf unser Date heute Abend zusammenhing. Gott … wir hatten ein Date. Ich konnte es nicht glauben!

Grinsend stieg ich aus dem Bett, wickelte meine Haare zu einem nachlässigen Dutt zusammen und ging in meinen Schlafklamotten in die Küche. Ich trug ein schwarzes Tanktop und kurze Hotpants. Zwar hatten die Sonnenstrahlen die Wohnung bereits erwärmt, aber ich spürte, dass es bald Zeit für einen dicken Schlafanzug wurde. Vielleicht konnte ich mich bis dahin auch in Adams Bett kuscheln und mich an seinem gestählten Körper wärmen. Bei dem Gedanken wurde mein Grinsen noch breiter.

Ich steckte einen Filter in die Kaffeemaschine, gab löffelweise Pulver hinein und füllte den Behälter mit Wasser auf. Nachdem ich den Startknopf gedrückt hatte, dauerte es eine Weile, bis das vertraute Brummen ertönte und die Maschine anfing, Kaffee zu kochen. Auf der Couch gab Cosima ein Stöhnen von sich und zog die Decke weit über ihren Kopf. Als der Kaffee fertig war, goss ich ihr auch eine Tasse ein und quetschte mich neben ihre Beine. »Aufwachen, Schlafmütze«, neckte ich sie und stupste sie mit dem Finger an. Sie stöhnte lauter und zog ruckartig die Decke von ihr; müde und verärgert funkelte sie mich an.

»Lange Nacht gehabt?«, fragte ich neugierig.

»Das kann man wohl so sagen.« Ihr Kopf sank aufs Kissen und sie schloss die Augen. Normalerweise hätte ich genauer nachgefragt, aber ich war zu aufgeregt wegen meiner eigenen Neuigkeiten. »Ich hatte Sex«, platzte es aus mir heraus, und Cosima öffnete ein Auge, um mich anzustieren.

»Etwa gerade?«, fragte sie irritiert und zog die Nase kraus.

»Nein, du Dummerchen. Gestern Abend. Mit Adam.«

»Aaah«, machte sie und schloss das Auge wieder. Ich rüttelte an ihrem Bein. Dieses Mal heftiger.

»Cos, komm schon. Ich muss mit jemandem darüber reden, sonst platze ich.«

»Was ist mit Jane?«, brummte sie und ich rollte genervt mit den Augen.

»Die ist im Büro.« Ich hatte den Zettel mit ihrer Notiz auf der Küchentheke neben der Kaffeemaschine gefunden. Seit wir nach New York gezogen waren, hatte sie sich kaum einen freien Tag gegönnt. Ich wusste nicht, ob sie in Windeseile zur Mitarbeiterin des Monats befördert werden wollte oder ob sie vor etwas wegrannte.

»Ich habe dir auch Kaffee gemacht«, versuchte ich es erneut. Meine Freundin rührte sich nicht.

Als ich mich vorbeugte, um ihr die Decke von den Schultern zu ziehen, entdeckte ich etwas Verdächtiges an ihrem Hals.

»Cos?«, fragte ich lauernd. Sie gab nur einen merkwürdigen Laut von sich. »Ist das ein Knutschfleck?«

Wie von der Tarantel gestochen schoss sie hoch, zog die Decke bis an den Hals und funkelte mich mit zusammengekniffenen Lippen wütend an.

»Ist es nicht«, zischte sie, wobei sich jedoch eine verdächtige Röte auf ihre Wangen stahl. Dann sprang sie von der Couch und stolperte ins Bad, wo sie laut die Tür zuschlug. Ich konnte ihr nur verwirrt hinterhersehen.

»Oookay«, sagte ich lang gezogen und starrte auf die verschlossene Tür. Was genau war gerade passiert? Was war in den letzten Tagen überhaupt los? Jede meiner Freundinnen schien Geheimnisse zu haben, doch ich konnte ihnen keine Vorwürfe machen nach all den Lügen, die ich ihnen seit Jahren auftischte.

Seufzend nahm ich meinen Kaffee und füllte den Inhalt in einen To-go-Becher um. Die Hälfte von Cosimas Tasse schüttete ich ebenfalls dazu. Mein Bauchgefühl sagte mir, dass sie das Bad so schnell nicht wieder verlassen würde.

Statt den Tag in der Wohnung zu verbringen, wo sich meine Nervosität nur bis ins Unermessliche steigern würde, beschloss ich, in die nächste Mall zu fahren und mir ein schönes Outfit für den Abend mit Adam zu besorgen.

Zwei Stunden später war ich stolze Besitzerin eines beigen Rocks mit Wickeloptik und eines schwarzen kurz geschnittenen Hemdes. Es war gerade lang genug, dass ich es im Bund des Rockes verstecken konnte, ohne dass es unter dem Stoff Falten warf. Dazu würde ich meine schwarzen Boots anziehen und eine lässige Jacke. An der Kasse hatte ich kurz gezweifelt, ob es das richtige Outfit für ein erstes Date war. Eventuell hätte ich mich für etwas entscheiden sollen, was elegant und sexy war. Aber um ehrlich zu sein, trug ich solche Sachen abseits der Bühne nicht gerne. Ich verdiente mein Geld seit Jahren damit, sexy zu sein. Ein wandelnder Männertraum auf zwei Beinen. In meiner Freizeit wollte ich mir selbst gefallen. Und hoffentlich auch Adam. Ich wusste nicht, was für einen Abend er für uns geplant hatte. Er verriet mir nichts bis auf die Uhrzeit, zu der er mich abholen wollte.

Per SMS hatte ich ihm meine Adresse mitgeteilt. Danach konnte ich bloß abwarten.

Eine halbe Stunde bevor es so weit war, hatte meine Nervosität ihren Höhepunkt erreicht. Fertig angezogen und geschminkt stiefelte ich in meinem kleinen Zimmer auf und ab und malte mir tausend Szenarien aus, wie der heutige Abend eine Katastrophe werden konnte. Beim Sex hatten Adam und ich hervorragend harmoniert. Als wären wir füreinander geschaffen. Aber wie sah das in der Realität aus? Gaben wir eine gute Mischung ab?

Was, wenn er einen Tisch in einem schicken Sternerestaurant reserviert hatte und sie mich in meinem Aufzug nicht reinließen?

Was, wenn wir einem seiner Geschäftspartner begegneten, der mich für eine Prostituierte hielt?

Was, wenn wir einem Gast aus dem *Wild Lady* über den Weg liefen, der mich erkannte?

Was, wenn einer von Adams Geschäftspartnern Kunde bei uns war?

Eine Horrorvorstellung jagte die nächste, bis ich kurz davor war, den Abend abzusagen. Jane und Cosima waren nicht zu Hause, um mich zu beruhigen, daher griff ich nach meinem Telefon und wählte die Nummer meiner Mutter. Bereits nach zweimaligem Klingeln hob sie ab.

»Hallo, mein Schatz«, begrüßte sie mich mit müder Stimme. »Wie schön, dass du anrufst.«

»Hey, Mom, habe ich dich aufgeweckt?«, fragte ich und schaute auf die Uhr. Es war erst halb sieben.

»Ich habe nur ein Nickerchen gemacht«, antwortete sie und ich hörte das Quietschen unseres alten Sofas. Ein vertrautes Geräusch, das mir verriet, dass sie auf der Couch eingeschlafen war und sich aufsetzte. So hatte ich sie an vielen Tagen nach der Schule angetroffen. Ich schloss kurz die Augen, versuchte, meinen Ärger zu unterdrücken. Meine Mom so erschöpft zu hören, zehrte an meinen Kräften.

»Ist das Geld, das ich dir geschickt habe, nicht angekommen?«, fragte ich und merkte, dass ich meine Wut nur schlecht verheimlichte.

»Doch, das ist es. Danke, Charlotte. Aber ich hoffe, du weißt, dass du das nicht tun musst.«

Ich schüttelte den Kopf, als könnte sie das durch den Hörer sehen. »Ich tue es gerne. Damit du nicht mehr so viel arbeiten gehen musst.«

Meine Mutter seufzte. »Ach, Charlotte, du machst dir viel zu große Sorgen um mich. So schlimm, wie du denkst, steht es nicht um mich. Ich kann arbeiten gehen und ich will es auch. Was soll ich den ganzen Tag allein zu Hause machen? Vor allem, wo du so weit weg wohnst?«

Augenblicklich waren die Schuldgefühle da, die ich jedes Mal verspürte, wenn ich daran dachte, dass ich Mom allein zurückgelassen hatte. Sie hatte recht. Seit Dads Verschwinden fühlte ich mich verantwortlich für sie. Achtete auf sie, als sei sie die Tochter und ich die Mutter. Vielleicht aus Angst, dass sie auch fortgehen würde. Ihre Krankheit hatte mich so aufgewühlt und den Gedanken in meinem Kopf verankert, dass ich ganz allein wäre, wenn meiner Mutter etwas zustieße.

»Lass uns nicht immerzu über dieselben Sachen reden. Erzähl mir von New York.«

Ich berichtete ihr von meinem Praktikum, wobei ich zum ersten Mal nicht so tat, als wäre *Parker&Scott* das reinste Paradies. Ich war ehrlich, was meine Kollegen und meine Aufgaben dort anging. Es stellte sich als schwer heraus, die Dinge wahrheitsgemäß zu berichten, weil ich mir selbst damit eingestehen musste, dass mein Praktikum nicht das war, was ich mir davon erhofft hatte.

»Das klingt sehr anstrengend, Charly«, sagte meine Mutter, als mein Bericht geendet hatte.

»Du glaubst gar nicht, wie anstrengend.«

»Bist du glücklich?«

Ich wusste, dass sich ihre Frage auf mein Praktikum bezog. Aber mein Job war lange nicht mehr der einzige Grund, der mich in New York hielt. Mit Adam war ein neuer hinzugekommen, und wenn ich an ihn dachte, vollführten die Schmetterlinge in meinem Bauch Purzelbäume.

»Ja«, antwortete ich verträumt und hörte meine Mutter am anderen Ende einen begeisterten Laut von sich geben.

»Willst du mir von ihm erzählen?«, fragte sie, weil sie mich gut genug kannte und verstand, dass es um einen Mann ging. Wieder schüttelte ich den Kopf, was sie natürlich nicht sehen konnte.

»Ein anderes Mal«, sagte ich stattdessen und warf einen Blick auf die Uhr. Adam musste jeden Moment hier sein. »Ich muss los.«

»Triffst du dich mit ihm?«, riet sie richtig und ich musste angesichts ihrer Treffsicherheit schmunzeln.

»Vielleicht«, antwortete ich glücklich. »Ich rufe dich wieder an.«

Wir verabschiedeten uns, ich beendete das Telefonat und warf mir schnell meine Jacke über. Dann stürmte ich aus der Wohnung und die Treppen hinab, weil ich Adam nicht warten lassen wollte. Als ich aus dem Hauseingang raus auf die Straße stolperte, sah ich mich um und entdeckte ihn. Er öffnete gerade die Tür seines Wagens, umrundete ihn und kam mit diesem selbstsicheren Gesichtsausdruck auf mich zu, der meine Knie weich werden ließ. Seine Augen glitten über meinen Körper, als er vor mir stehen blieb und mich für einen kurzen, aber leidenschaftlichen Kuss an sich zog. »Du siehst fabelhaft aus«, flüsterte er an meinen Lippen.

Er selbst trug eine schwarze Jeans und ein weißes Langarmshirt, das sich verführerisch an seine Muskeln schmiegte.

Ich zog ihn an mich und legte meinen Mund auf seinen. Er hatte mir gefehlt.

»Wohin gehen wir?«, murmelte ich gegen seine Lippen.

»Lass dich überraschen«, sagte er bloß und zog mich mit sich. »Ich habe heute einiges mit dir vor.«

Kapitel -19-

Charly

Meine Angst, dass Adam mich in ein schickes Restaurant schleifen könnte, stellte sich als unnötig heraus. Anscheinend konnte er mich besser einschätzen, als ich es ihm zugetraut hatte. Denn etwa vierzig Minuten später befanden wir uns in der Warteschlange bei *TGI Fridays* und überlegten, welches Menü wir nehmen sollten. Ab und zu warf ich Adam verstohlene Blicke von der Seite zu. In seiner legeren Kleidung in der Warteschlange eines Fast-Food-Restaurants sah er aus wie ein normaler Mann. Nur seine von Natur aus autoritäre Ausstrahlung, sein intensiver Blick und seine gerade Körperhaltung erinnerten noch an den CEO, der er war.

Nie im Leben hätte ich gedacht, dass ich eines Tages mit Adam Scott in einem Schnellrestaurant essen gehen würde. *Möglicherweise sind unsere Welten doch nicht so unterschiedlich,* stellte ich fest.

Wir entschieden uns beide für einen Cheddar Bacon Omelett Burger mit Pommes und einer großen Coke und nahmen in einer Sitznische im hinteren Teil des Restaurants Platz. Während des Essens redeten wir viel und kosteten die Gesellschaft des jeweils anderen aus. Adam erzählte von seiner Zeit an der Uni und ich lauschte jedem seiner Worte wie gebannt. Ich wollte unbedingt mehr über ihn erfahren. Wissen, wie er aufgewachsen war, um zu verstehen, was ihn zu dem Mann gemacht hatte, der vor mir saß. Dem Mann, der mein Herz in Lichtgeschwindigkeit eroberte.

Als ich den letzten Bissen meines Burgers vertilgte und meinen Mund mit der Serviette abwischte, ertappte ich Adam dabei, wie er mich beobachtete. »Was?«, fragte ich und grinste.

»Ich sehe dich einfach gerne an«, antwortete er aufrichtig, und ich spürte ein Ziehen, dieses Mal in meiner Brust. »Bist du fertig? Dann lass uns gehen. Wir haben ein volles Programm.«

»Was hast du denn geplant?«, fragte ich verwundert, ließ jedoch zu, dass er mich hinter sich her aus dem Restaurant zog.

»Lass dich überraschen«, war alles, was ich wieder als Antwort bekam. Mit einem breiten Lächeln auf dem Gesicht folgte ich ihm und freute mich auf die gemeinsame Zeit.

Meine Erwartungen an mein erstes Date mit Adam wurden übertroffen. Er hatte eine typische New-York-Sightseeing-Tour für mich organisiert, weil er wusste, dass ich die Stadt seit meiner Ankunft kaum hatte genießen können. Ich teilte meine Zeit zwischen *Parker&Scott* und dem *Wild Lady* auf. Von der Millionenmetropole, die Menschen aus aller Welt anlockte, hatte ich nicht viel gesehen.

Außerdem zeigte dieser Abend mir, dass Adam sich Gedanken gemacht hatte, womit er mir eine Freude bereiten könnte, und das bedeutete mir am meisten.

Wir besuchten den Times Square, wo ich Hunderte Werbetafeln bestaunte. Dort pulsierte es nur so vor Leben. Die verschiedensten Farben leuchteten auf und schrien ihre Botschaft in die Nacht hinaus. Danach schlenderten wir durch die 5th Avenue, kamen am Rockefeller-Center vorbei und passierten die Wall Street. Wir besuchten Orte, die ich aus Serien wie *Sex and the City* oder *Gossip Girl* kannte, was seinen Höhepunkt darin fand, dass Adam mich auf die Aussichtsplattform des Empire State Buildings brachte, von wo aus man einen Blick über die ganze Stadt hatte. Minutenlang standen wir da, Adam hatte die Arme von hinten um mich geschlungen, und wir genossen den Ausblick. Oder vielmehr die Nähe des jeweils anderen. So lange, bis der kalte Wind, der in dieser Höhe peitschte, uns zwang, runterzufahren. Es war bereits später Abend, als wir beschlossen, uns irgendwo was Warmes zum Trinken zu holen und einen Spaziergang durch den Central Park zu machen.

Während unserer Tour hatte Adam mir viel zu den verschiedenen Sehenswürdigkeiten erzählt. Er lebte seit über sechs Jahren in New York und kannte sich mittlerweile aus. So gerne ich ihm lauschte, hatte es auch dazu geführt, dass für persönliche Gespräche nicht viel Platz blieb. Deswegen wollte ich unseren ruhigen Spaziergang nutzen, um Adam besser kennenzulernen.

Schweigend gingen wir nebeneinanderher. Ein paar Straßenlaternen warfen orangenes Licht vor unsere Füße und erhellten den Gehweg. Für einen Moment genossen wir die einvernehmliche Stille zwischen uns.

»Was war als Kind dein größter Traum?«, fragte ich, nachdem wir bereits eine Weile gelaufen waren. Adam schmunzelte und sah mich an.

»Wenn ich dir das sage, lachst du mich aus.«

Ich schüttelte den Kopf. »Bitte, ich will es wissen. Ich werde mich auch bestimmt nicht über dich lustig machen.«

»Also schön«, gab er sich geschlagen. »Als Kind war es mein größter Traum, Astronaut zu werden.«

Trotz meines Versprechens prustete ich bei seinen Worten laut los. »Astronaut?«, fragte ich verblüfft.

Nichts davon passte zu dem Mann im Anzug, der in dem schicken Büro mit Blick über den Central Park saß und Millionen machte.

»Ich dachte, du wolltest nicht lachen«, neckte Adam mich, zog mich jedoch sanft zu sich und legte beim Laufen einen Arm um meine Taille.

»Habe ich dir erzählt, dass ich zwei Geschwister habe?«, fragte er und sah mich kurz an. Ich schüttelte den Kopf und er ließ den Blick in die Ferne gleiten. »Einen älteren Bruder, Shawn, und eine jüngere Schwester, Elle. Als Kinder waren wir unzertrennlich. Wir haben jeweils nur ein Jahr Altersunterschied, was die beiden gleichzeitig zu meinen besten Freunden machte.«

»Und heute?«, fragte ich, weil es klang, als wäre diese Zeit lange vorbei.

»Heute reden wir kaum miteinander. Ich denke, dass sie es mir übel nehmen, dass ich nach New York gegangen bin.«

»Wie können Sie dir so etwas übel nehmen? Nicht jeder bekommt ein Stipendium für Harvard. Das ist eine Chance, die man nicht so einfach ausschlägt.«

Adam machte ein gequältes Gesicht. »Weil sie Connecticut auch gerne verlassen hätten, es aber nicht über sich gebracht haben, unsere Eltern alleine zu lassen.«

»Und sie werfen dir vor, dass du das konntest?«

»Versteh mich nicht falsch, mir ist die Entscheidung damals nicht leichtgefallen. Ich war kurz davor, abzusagen. Aber unsere Familie konnte das Geld gut gebrauchen. Meine Eltern sind nicht mehr die Jüngsten, unser Haus war damals noch nicht abbezahlt und was die Zukunft meiner Geschwister anging … sie gaben nie viel auf Schule und gute Noten. Also dachte ich, wenn es einer rausschafft, dann ich.«

»Du hast es zum Wohl deiner Familie getan«, versuchte ich ihn aufzumuntern. »Das müssen sie einsehen.«

Wir erreichten eine kleine Sitzbank, auf der wir uns niederließen. Ich setzte mich dicht zu Adam und lehnte mich mit dem Oberkörper an ihn. Vor uns lag ein beleuchtetes Blumenbeet und tauchte die Szenerie in ein romantisches Licht.

Hätte mir jemand vor drei Tagen gesagt, dass ich mit Adam Scott hier sitzen und dabei zuhören würde, wie er sich mir langsam öffnete, hätte ich ihn für verrückt erklärt.

»Und wenn ich dir verrate, dass ich es nicht bloß zum Wohl meiner Familie getan habe?« Adams Stimme war rau und leise, als bereitete ihm das

Eingeständnis große Mühe. Ich sagte nichts. Nahm einfach seine Hand in meine und sah ihn an.

»Als ich zur Uni ging, schwor ich mir, dass ich nach meinem Abschluss nach Meriden zurückkehren würde. Ich hätte mich auch dort selbstständig machen und gutes Geld verdienen können. Aber dann hatte ich die Idee zu *Parker&Scott*. Ich sah ein völlig anderes Leben vor mir. Eines, das ich in Connecticut niemals haben könnte. Denn ich hatte die Chance, ein anderer Mensch zu werden. Und ich ergriff sie. Ohne über das Versprechen, zurückzukehren und für das Familiengeschäft zu arbeiten, nachzudenken, das ich meinen Geschwistern gegeben hatte.«

Ich sah, dass die Schuldgefühle ihn plagten, und ich kannte das Gefühl, sich der eigenen Familie verpflichtet zu fühlen, so gut, deswegen teilte ich ihm mit, was meine Mutter immer zu mir gesagt hatte. Erst jetzt begriff ich die Bedeutung ihrer Worte.

»Du hast das Recht auf ein eigenes Leben.«

Adam sah mich an und seine Mundwinkel zogen sich leicht nach oben. »Vielleicht. Trotzdem fühlt es sich an, als hätte ich sie im Stich gelassen. Und das nur, weil Adam Scott Harvard-Absolvent und CEO sein wollte. Nicht mehr Adam, der Sohn des Tankstellenbetreibers im Ort.«

»Deine Familie betreibt eine Tankstelle?«, fragte ich überrascht und er nickte.

»Eine Tankstelle mit einem kleinen Diner im Anbau, wo die vorbeifahrenden Trucker ihre Mittagspause machen können. Es ist ein Familienbetrieb. Dad steht in der Tankstelle, Shawn löst ihn nachts ab und Elle und Mom kümmern sich um das Diner. Sie haben fest damit gerechnet, dass ich mit einsteige. Als ich ihnen sagte, dass ich nach New York gehe, mussten sie jemanden einstellen.«

Ich drückte aufmunternd seine Hand. »Es ist dein gutes Recht, dass du dir für dich etwas anderes gewünscht hast. Wenn deine Geschwister damit glücklich sind, ist das schön. Aber das muss nicht heißen, dass das auch auf dich zutrifft. Ihr seid unterschiedliche Menschen und jeder muss seinen eigenen Weg gehen.«

Er nickte, als wollte er mir zustimmen, doch überzeugt wirkte er nicht. »Als du das gesagt hast, dass ich nie zur High Society gehören würde, nie einer von denen sein könnte … dasselbe hat meine Schwester damals zu mir gesagt.«

Ich sah kurz auf unsere ineinander verschränkten Hände. Wenn ich an jenen Abend zurückdachte, hätte ich gerne die Zeit zurückgedreht und mich anders verhalten. Ich hatte Adam Vorwürfe gemacht, die er nicht verdiente. »Es tut mir leid, dass ich das gesagt habe. Ich … ich war wütend und meine Worte waren falsch.«

»Nein, das waren sie nicht«, widersprach er. »Du hattest recht. Das habe ich begriffen. Ich wollte tun, als wäre ich jemand anderes, dabei hat meine Vergangenheit mich erst dahin gebracht, wo ich heute bin.«

Ich beugte mich zu ihm vor, strich mit der Hand über seine Wange und fuhr mit den Fingern durch den leichten Bart, der seine Haut zierte. Dann schloss ich die Augen und legte meine Lippen auf seinen Mund. Sofort spürte ich ein Kribbeln, das sich in meinem ganzen Körper ausbreitete.

»Mir gefällt der Mann, der du bist«, flüsterte ich atemlos in unseren Kuss hinein und ließ zu, dass Adam mich dicht an sich zog.

»Ach ja?«, raunte er und fuhr mit der Hand über meinen Rücken. Schickte kleine Schauer durch meinen Körper. »Wie sehr gefällt er dir?«

Während er das sagte, strich seine freie Hand über meine nackten Beine und hinterließ überall eine Gänsehaut. »Sehr«, keuchte ich und suchte Halt an seiner breiten Schulter.

Er sah mich mit einer dunklen Begierde an, die mein Herz zum Rasen brachte. »Meine Wohnung ist nicht weit von hier«, teilte er mir mit und fuhr mit dem Daumen sanft über meine Unterlippe. »Wir können ...«

Ich unterbrach ihn mit einem stürmischen Kuss. »Bring mich hin«, murmelte ich, während ich ihn fest an mich drückte. Ich wünschte mir nichts sehnlicher, als Adam in mir zu spüren, und wenn er mich nicht gleich fortbrachte, riskierten wir eine Anzeige wegen Erregung öffentlichen Ärgernisses.

Kapitel -20-

Adam

Wir erreichten mein Apartment im Greenwich Village innerhalb weniger Minuten. Trotzdem kam mir die Zeit wie eine Ewigkeit vor. So war das mit Charlotte. Wenn ich wollte, dass die Zeit stehen blieb, damit der Augenblick nicht endete, verging sie rasend schnell. Und dann, in Momenten wie diesem, wo ich vor Ungeduld verging, floss sie langsam dahin, wie eine zähe Flüssigkeit.

Als wir den Hauseingang erreichten, drückte ich Charlotte dagegen, küsste sie stürmisch und suchte gleichzeitig nach dem richtigen Schlüssel. Als sich die Tür endlich öffnen ließ, war ich mit meiner Geduld am Ende.

Beide Hände in Charlottes Po gekrallt, hob ich sie hoch. Begierig schlang sie die Beine um mich und vergrub ihre Finger in meinem Haar. Wir erreichten den Aufzug, wo uns zum Glück niemand entgegenkam, und fuhren nach oben.

Meine Wohnung befand sich im achten Stock. Ich hatte mich bewusst gegen ein Loft auf der Upper Eastside entschieden. Nicht aus Kostengründen, sondern weil der Charme, den Greenwich Village versprühte, mir besser gefiel. Sobald wir meine Wohnung betraten und die Tür hinter uns ins Schloss fiel, wurden unsere Küsse ruhiger, bis ich Charlotte vorsichtig auf ihren Füßen abstellte. Dann suchte ich nach dem Lichtschalter und erhellte den Raum vor uns.

»Komm, ich zeige dir alles«, bot ich Charlotte an, und sie nickte, obwohl ich die Ungeduld in ihren Augen lesen konnte. Ich nahm sie an der Hand und führte sie mit mir. Zuerst in die Küche mit dem angrenzenden Esszimmer, dann ins Wohnzimmer und in mein Büro. Die Einrichtung war überall im selben Stil gehalten. Dunkle Möbel, helle Wände. Wenig Dekoration. Ich setzte auf Einheitlichkeit und Funktionalität. Der einzige Blickfang in meinem Wohnzimmer war mein Whiskyregal, das mit den edelsten Tropfen ausgestattet war, und der Kamin in der Ecke, in dem allerdings kein Feuer brannte. Charlotte saugte den Anblick meiner Wohnung in sich auf. Ein ungewöhnliches Gefühl, denn normalerweise brachte ich keine Frauen mit hierher. In meiner ganzen Zeit in New York hatte ich mich nur auf unverbindliche One-Night-Stands eingelassen. Aber Charlotte war alles andere als normal.

Vom Wohnzimmer aus gelangten wir in mein Büro, wo zwei große Monitore auf meinem Schreibtisch standen. Ein gut ausgestattetes Bücherregal zierte die längste Wand. Allerdings fand man darin lediglich

Fachliteratur und Enzyklopädien. Als wir vor der letzten Tür stehen blieben, spürte ich, wie ein Zittern durch Charlottes Körper ging. Ich stellte mich hinter sie, fuhr mit den Händen an ihren Armen entlang und brachte meine Lippen dicht an ihr Ohr.

»Das ist mein Schlafzimmer«, raunte ich und beobachtete, wie mein Atem eine Gänsehaut in ihrem Nacken hinterließ. Ein leises Seufzen teilte ihre Lippen, als ich an der empfindlichen Stelle ihres Halses saugte. Sie lehnte sich gegen mich, beugte den Kopf und machte es mir leicht, an sie ranzukommen. Charlotte zeigte mir deutlich, wie willig sie war, was mich augenblicklich härter werden ließ.

Ungeduldig stieß ich die Schlafzimmertür auf und schob Charlotte in den Raum. Ich wollte sie auf das Kingsize-Bett drängen, doch sie wand sich aus meiner Umarmung, drehte sich um und legte eine Hand auf meine Brust. Sanft, aber bestimmt schob sie mich gegen die Tür, wobei sie meinen Blick festhielt.

»Was hast du vor?«, fragte ich mit belegter Stimme, als sie langsam vor mir in die Knie ging.

»Mich revanchieren«, flüsterte sie bloß und zog den Reißverschluss meiner Jeans langsam auf. Mein Atem beschleunigte sich und meine Hand, die auf Charlottes Schulter lag, begann vor Erregung zu zittern. Ich wusste, was sie vorhatte. Und dieses

Wissen ließ mich fast augenblicklich in meine Hose kommen.

Mit flinken Fingern zog sie meine Jeans herab, bis sie um meine Knöchel hing, und fuhr durch den Stoff meiner Boxershorts über meine harte Erektion. Zischend atmete ich ein und biss die Zähne zusammen. Sie wiederholte die Bewegung quälend langsam, so wie ich es an jenem Abend bei ihr getan hatte.

»Ich weiß genau, was du da tust«, stöhnte ich, als ihre Finger wie durch Zufall über meine empfindliche Eichel strichen.

»Ich weiß nicht, wovon du sprichst«, behauptete sie keck und zog gemächlich meine Boxershorts herunter. Ihr Blick war lustvoll verhangen, während sie mich mit geschickten Fingern massierte und dem Wahnsinn Stück für Stück näherbrachte. Als ihre Zunge nach einer quälenden Ewigkeit zum ersten Mal über meine Erektion fuhr, warf ich trotz der federleichten Berührung stöhnend den Kopf in den Nacken.

»Du folterst mich«, zischte ich zwischen zusammengebissenen Zähnen und ballte die Hände auf ihren Schultern zu Fäusten. Ich wusste nicht, ob es meine Worte waren oder ihre eigene Ungeduld. Charlotte bereitete meinen Qualen ein Ende, indem sie meine Erektion mit den Lippen umschloss und sie tief in ihren Mund gleiten ließ. Ihre Zunge fuhr an meinem Schwanz entlang und glitt liebkosend über seine Spitze. Mein Blick fiel auf sie und unsere Augen trafen sich. Von unten herab sah sie mich lasziv an und ließ ihre Zunge um mich kreisen. Ich stöhnte vor Lust auf und griff in ihre Haare. Konnte mich nicht länger beherrschen und versenkte mich ein Stück tiefer in ihren Mund. Sofort wollte ich mich zurückziehen, als Charlotte ihre Hände in meinen Po krallte und mich zu sich zog, wobei sie mich begierig mit ihrem Mund bearbeitete. Sie erlaubte mir, mein eigenes Tempo zu finden und mich zwischen ihre Lippen zu schieben, während ihre Zunge mich bei jedem Stoß begrüßte.

Bevor ich kam und das hier zu schnell endete, sammelte ich all meine Willenskraft und zog Charlotte auf die Beine. Sie sah mich fragend an. Ohne ihr die Möglichkeit zu geben, etwas zu sagen, drängte ich sie auf das Bett, während ich mit fahrigen Bewegungen an ihrem Rock herumnestelte und ihr das Hemd über den Kopf zog. Ich bekam nur am Rande mit, wie sie an meinem Shirt zerrte, und riss es mir schnell vom Körper. Meine Hose hatte ich mir irgendwo auf dem Weg von den Füßen getreten, ebenso wie meine Schuhe. Charlotte hatte mit ihrer Kleidung dasselbe getan.

Als wir auf das Bett fielen, war ich vollständig nackt und sie lag in ihrer roten Unterwäsche vor mir. Ich wollte sie ausziehen, spürte jedoch, dass meine Geduld am Ende war und mir dafür keine Zeit blieb. Fieberhaft positionierte ich mich zwischen ihre Beine, schob mit den Fingern ihren feuchten Slip zur Seite und drang mit einem einzigen harten Stoß in sie ein.

Charlotte gab einen heiseren Schrei von sich, halb Lust, halb Schmerz und ich verharrte in ihr. Gab ihr Zeit, sich an meine Größe zu gewöhnen. Das Gefühl, von mir ausgefüllt zu sein.

Erst als ich spürte, wie ihre Hände ungeduldig über meinen Rücken fuhren, sich in meine Haut gruben und ihre Hüfte mir entgegenzuckte, setzte ich meine Bewegung fort. Zog mich aus ihr zurück, um schnell in sie zu stoßen. Ich richtete mich zwischen ihren Beinen auf und zerrte ihr mit einer aggressiven Bewegung den BH nach unten, sodass er ihr um den Bauch hing, aber wenigstens ihre betörenden Brüste entblößte.

Dann packte ich um ihre Schenkel, zog sie mit einem Ruck an mich und versenkte mich ein Stück tiefer in ihr.

»Fester«, flehte Charlotte und ich konnte mein Glück kaum fassen. Ihr Körper, ihre Lust, alles an ihr schien wie für mich gemacht zu sein. Gerne erfüllte ich ihren Wunsch. Mit meinen Beinen spreizte ich ihre Schenkel weit auseinander, gab ihr keine Chance, sich vor meinem Eindringen zu schützen. Dann stieß ich sie mit harten, rhythmischen Bewegungen und beobachtete, wie meine Stöße ihre Brüste wippen ließen.

Charlotte bäumte sich unter mir auf und kam mir mit den Hüften entgegen. Sie schrie, stöhnte und rief meinen Namen, während ich unkontrollierter in sie stieß. Als ich spürte, wie es um meinen Schwanz herum zu zucken anfing, beugte ich mich vor und umschloss ihre rechte Brustwarze mit meinen Lippen. Saugte und leckte daran, bis Charlotte sich mit einem lauten Schrei unter mir aufbäumte. Kurz darauf wurde auch ich von meinem Höhepunkt überrollt und sackte atemlos auf ihrem weichen Körper zusammen.

Minutenlang verharrten wir regungslos in dieser Position, beide zu erschöpft von dem hemmungslosen Sex, den wir soeben gehabt hatten. Irgendwann spürte ich, wie ihre Hände sanfte Kreise über meinen Rücken zogen. Ich richtete mich auf die

Ellbogen auf und sah sie an. Betrachtete ihr zufriedenes, vom Orgasmus leicht gerötetes Gesicht.

»Du bist wunderschön«, sagte ich wahrheitsgemäß und wusste, dass ich von diesem Anblick nie genug bekommen würde. Charlotte wollte gerade antworten, als ein Beben wie eine Welle durch ihren Körper ging. Statt Worten teilte ein Stöhnen ihre Lippen. Fragend sah ich sie an.

»Nachbeben«, beantwortete sie meine unausgesprochene Frage. Ich grinste sie frech an. »Also habe ich meinen Job gut gemacht«, stellte ich zufrieden fest und sie grinste unter mir.

»Sieh mich nicht so selbstgefällig an«, tadelte sie mich spielerisch, als ein erneutes Beben durch ihren Schoß ging. Mein Schwanz spürte es auch und gewann in ihr an Härte, was Charlotte nicht entging.

»Ich will, dass du die Nacht bei mir verbringst«, murmelte ich an ihren Lippen, positionierte mich richtig zwischen ihren Beinen und begann, mich langsam in ihr zu bewegen. Charlotte antwortete mir nicht. Stattdessen schlang sie die Beine um meinen Körper, presste ihre Füße in meinen Po und gab mir einen langsamen Rhythmus vor, der unsere Körper miteinander verschmelzen ließ.

»Adam Scott, du machst süchtig«, stöhnte sie an meinem Mund und presste ihre Lippen auf meine.

Wir küssten uns innig, während wir uns langsam und intensiv liebten.

Sie sagte, ich würde süchtig machen. Aber die Wahrheit sah so aus, dass ich dieser Frau schon an jenem ersten Abend im *Wild Lady* verfallen war.

Kapitel -21-

Charly

Ich erwachte, als die ersten Sonnenstrahlen mein Gesicht kitzelten. Obwohl Adam nicht mehr neben mir lag, war ich noch immer berauscht von dem Glücksgefühl, das das Einschlafen in seinen starken Armen in mir ausgelöst hatte. Wir hatten uns die ganze Nacht unterhalten, geküsst und geliebt.

Adam gab mir das Gefühl, als wäre ich etwas besonders Kostbares, und ich konnte nicht fassen, wie glücklich ich gerade war. Als ich mich langsam vom Bett erhob, fühlte ich mich federleicht, obwohl jeder Muskel in meinem Körper von der vergangenen Nacht erschöpft war.

Nackt ging ich zum Kleiderschrank und stellte mich vor den Spiegel. Adams Küsse zeichneten meinen Hals und meine Brüste. Seine Finger hatten Spuren an meinem Po hinterlassen. Mein Körper war eine Landkarte unserer Lust, und ich wusste, dass Adams nicht anders aussah.

Mit nichts als der Bettdecke um mich geschlungen, verließ ich das Schlafzimmer und machte mich auf die Suche nach ihm. Kaum dass ich die Tür geöffnet hatte, hörte ich Geräusche aus der Küche. Ich fand Adam an der Arbeitsplatte, wo er Erdbeeren schnitt.

»Guten Morgen, Schönheit«, begrüßte er mich, legte das Messer weg und zog mich für einen langen Kuss an sich. »Hast du gut geschlafen?«, fragte er, und ich ließ widerwillig zu, dass er sich von mir löste.

»Wie ein Stein. Du?«, sagte ich, während ich ihn dabei beobachtete, wie er die Erdbeeren schnitt.

»Auch. Ich mache uns Frühstück. Ich weiß nicht, wie es dir geht, aber ich sterbe vor Hunger.«

Mir ging es nicht anders. Ich fühlte mich, als wäre ich gestern Nacht einen Marathon gelaufen. Damit es schneller ging, bot ich Adam meine Hilfe beim Zubereiten des Frühstücks an. Er lehnte ab und schlug mir vor, in der Zeit eine erholsame Dusche zu nehmen. Das ließ ich mir nicht zweimal sagen und steuerte auf das Badezimmer zu. Als ich unter dem warmen Wasserstrahl stand und mein Haar einseifte, ließ ich die Ereignisse des vergangenen Tages Revue passieren. Unser wundervolles erstes Date, die erste gemeinsame Nacht. Der unglaublichste Sex meines Lebens. Gott … in diesem Moment drohte mein Herz vor Glück überzulaufen.

Ich dachte nicht eine Sekunde an die Konflikte, die zwischen Adam und mir standen. Dass er noch immer mein Boss war. Ich noch immer als Tänzerin in einer Bar mein Geld verdiente und wir, was das anging, zu keiner Einigung kamen. Aber all das wollte ich ignorieren und genießen, dass in diesem Moment alles perfekt war.

Nachdem ich ausgiebig geduscht und mich angekleidet hatte, gesellte ich mich zu Adam in die Küche und fand einen perfekt gedeckten Frühstückstisch vor. Er hatte mir bereits eine Tasse dampfenden Kaffee eingegossen und befüllte mir einen Teller mit Rührei und Bacon. In einvernehmlichem Schweigen aßen wir unser Frühstück, das köstlich schmeckte, bis ich die Stille durchbrach. Vielleicht war es mein Unterbewusstsein, das meine Gedanken unwillkürlich auf dieses Thema gelenkt hatte und es mich ansprechen ließ. Ich wusste es nicht. Aber die Worte verließen meinen Mund, bevor ich sie aufhalten konnte.

»Stell dir vor, wie entsetzt alle in der Firma wären, wenn sie uns sehen könnten«, scherzte ich und nahm einen Schluck Kaffee. Ich hatte ungezwungen klingen wollen, doch Adams ernster Gesichtsausdruck nahm der Situation jegliche Lockerheit.

»Du weißt, dass es besser ist, wenn wir das für uns behalten, oder?«, fragte er, und ich erkannte, dass vor mir wieder der pflichtbewusste CEO von *Parker&Scott* saß. Er musste meinen enttäuschten

Gesichtsausdruck bemerkt haben. »Vorerst«, fügte er daher hinzu.

»Natürlich«, antwortete ich schnell und schob mir eine Portion Rührei in den Mund, um nichts mehr sagen zu müssen. Aber meine Gedanken rasten. Vorerst konnte alles bedeuten. Es konnten ein paar Tage sein, aber auch Monate. Obwohl ich den Moment einfach hatte genießen wollen, drängte sich die Frage in meinen Kopf, was ich für Adam war. Eine heimliche Affäre? Mehr? Das gestern Nacht hatte sich eindeutig nach mehr angefühlt. Ich versuchte an dem Gefühl festzuhalten, aber Adam sprach weiter und machte es mir mit seinen Worten schwer, dorthin zurückzukehren.

»Wir sollten auf der Arbeit nichts tun, was Verdacht erregen könnte. Am besten machen wir so weiter, wie wir die letzten Tage verfahren sind.«

Ich schluckte hart und nickte stumm. Also wollte Adam mich erneut ignorieren, so tun, als kenne er mich kaum. Das fühlte sich ganz und gar nicht danach an, als wäre ich etwas Besonderes für ihn. Er bemerkte meine Reaktion und griff über den Tisch hinweg nach meiner Hand, um unsere Finger miteinander zu verschränken.

»Charlotte, sieh mich an«, forderte er sanft und ich blickte in seine dunklen Augen. »Ich tue das für dich.

Wenn im Büro jemand erfährt, dass wir miteinander geschlafen haben, werden sie sich wie die Geier auf dich stürzen. Ich will nicht, dass du das durchmachen musst. Dein Praktikum hat gerade erst angefangen und du hast noch eine lange Zeit vor dir.«

Ich wollte ihn fragen, ob wir uns das ganze Jahr über verstecken wollten. Aber kein Ton kam über meine Lippen. Denn hätte ich das ausgesprochen, hätte ich Adam gleichzeitig gefragt, ob das zwischen uns ein volles Jahr halten konnte. Nach diesem Gespräch war ich mir nicht mehr sicher, wie die Antwort lauten würde, und ich war noch nicht bereit für die Wahrheit.

Am nächsten Morgen, auf dem Weg zur Arbeit, hatte ich mich halbwegs gesammelt. Ich redete mir selbst ein, dass Adam recht hatte. Dass es besser war, wenn wir es nicht an die große Glocke hängten. Immerhin musste seine Verschwiegenheit nicht zwangsläufig bedeuten, dass ich sein schmutziges kleines Geheimnis war. Jetzt hieß es, zu vertrauen und Geduld zu bewahren. Deutlich beruhigter betrat ich um kurz vor neun das Gebäude und steuerte den Fahrstuhl an.

»Guten Morgen, Ben«, grüßte ich den Rezeptionisten im Vorbeigehen am Empfang. Ben war vom ersten Tag an stets freundlich zu mir gewesen. Heute bekam ich statt der üblichen Begrüßung ein knappes Kopfnicken. Etwas irritiert stieg ich in den Aufzug und fuhr nach oben. Mit den Gedanken bei Bens merkwürdigem Verhalten hielt ich auf die Küche zu. Bevor ich in mein Büro ging, brauchte ich einen Kaffee. Die Müdigkeit von Samstagnacht hing mir noch nach.

Auf dem Weg durch den Flur verfolgten mich die Blicke der Mitarbeiter. Ich fuhr unruhig mit den Händen über meine Hose und suchte nach den Ärmeln meines Cardigans, um sie darin zu verstecken. Leider hatte ich keinen angezogen, sondern mich für eine figurbetonte Bluse entschieden. Ich versuchte, ruhig zu bleiben und nicht zu viel in die Blicke hineinzuinterpretieren. Trotzdem breitete sich ein ungutes Gefühl in meinem Magen aus. Die Tatsache, dass einige Mitarbeiter den Kopf aus den Bürotüren hielten, um mich anzusehen, verstärkte dieses Gefühl. Was passierte hier?

Als ich in der Küche ankam, schloss ich die Tür hinter mir und stellte erleichtert fest, dass ich allein war. Mein Herz schlug schnell. Mein Gang durch den Flur hatte sich wie ein Walk of Shame angefühlt, ohne dass ich wusste, wieso. Es konnte nicht sein, dass irgendwer Wind von der Sache zwischen Adam und mir bekommen hatte. Nicht so schnell. Es war gerade erst passiert. Es war unmöglich. Oder etwa nicht?

Die Tür zur Küche öffnete sich und Olivia betrat den Raum. Sie hatte die Arme vor der Brust verschränkt, die Lippen gespitzt und trug einen hochnäsigen Gesichtsausdruck zur Schau.

»Sieh mal einer an«, flötete sie. »Du bist gar nicht so dumm, wie ich dachte.« In ihrer Stimme schwang ein Hauch von Anerkennung, aber hauptsächlich Wut und Eifersucht mit.

»Wovon redest du?«, fuhr ich sie ungehalten an. Meine Nervosität wuchs.

Olivia grinste bösartig. »Mit Mr. Scott zu schlafen, um dir eine Stelle zu sichern, war schlau.« Mir musste alles aus dem Gesicht gefallen sein.

»Was denn? Dachtest du, dass es nicht rauskommt? Jeder weiß davon. Alle reden darüber, dass du deine Beine für Adam breitgemacht hast«, spottete Olivia.

Ich schwankte und suchte Halt an der Küchentür. Mit einer Hand hielt ich mir den Magen genau dort, wo sich ein verzweifeltes Ziehen ausbreitete. Das durfte nicht sein. Das schlimmstmögliche Szenario war eingetreten.

»Was hat das zu bedeuten?«, fragte in dem Moment eine vertraute Stimme. Olivia wich erschrocken zurück. Die Tür zur Küche wurde aufgestoßen und Finn erschien im Rahmen. Hinter ihm stand Adam auf dem Flur und fuhr sich mit der Hand durch die Haare. Sein schockierter Gesichtsausdruck verriet mir, dass die beiden alles mit angehört hatten.

»Ms. Summer, ich verlange eine Erklärung. Sofort«, donnerte Finn und sah mich abschätzig an. »Stimmt es, was Ms. Beaufort da sagt?«

Ich korrigierte mich selbst. *Das* war das schlimmstmögliche Szenario. Wir hatten es nicht einmal einen halben Tag geschafft, unser Geheimnis für uns zu behalten.

Statt vor Scham im Erdboden zu versinken, straffte ich die Schultern. Ich hatte nichts Verwerfliches getan. Auch wenn es für andere so aussehen mochte, als würde ich mich hochschlafen, meine Gefühle für Adam waren aufrichtig und hatten nichts mit seiner Position oder seinem Geld zu tun. Außerdem hatte Finn selbst heftig mit Olivia geflirtet. Ich war mir sogar ziemlich sicher, dass da mehr gelaufen war. Und vor ein paar Tagen hatte er es bei mir versucht. Er brauchte sich demnach nicht als Moralapostel aufzuspielen.

»Es stimmt«, sagte ich mit fester Stimme und erwiderte seinen bohrenden Blick. Olivia gab ein abfälliges Schnauben von sich. Aber es war Adams Stöhnen, das meine Aufmerksamkeit auf sich zog. Nun wäre der Moment für ihn, sich an meine Seite zu stellen. Stattdessen funkelte er mich wütend an. In seinen Augen lag ein stummer Vorwurf. Ich begriff, dass er von mir erwartet hatte, zu lügen. Ein beklemmendes Gefühl breitete sich in meiner Brust aus. Ich wollte nicht einsehen, dass Adam mich selbst jetzt noch verleugnet hätte. Vor Olivia und Finn, wo ich seinen Beistand am dringendsten brauchte. Aber seine Reaktion bestätigte den Verdacht, den ich schon seit unserem Gespräch beim Frühstück gehabt hatte. Gestern war ich zu feige gewesen, es mir einzugestehen. Für Adam war die Nacht mit mir nichts Besonderes gewesen. Er wollte nichts Ernstes, sondern ein heimliches Techtelmechtel. Wie hatte ich nur so dumm sein können, auf mehr zu hoffen?

Finns harsche Worte rissen mich aus meiner Starre und unterbrachen meinen Blickkontakt mit Adam. Finns Gesicht war vor Wut rot angelaufen. Er sah mich an, als wäre ich die reinste Zeitverschwendung gewesen. »Packen Sie Ihre Sachen. Sie sind gefeuert.«

Ich riss den Mund zu einem Protest auf, aber die Worte blieben mir im Hals stecken, als er sich umdrehte und ging. Trotzdem war es Adam, der mir endgültig den Boden unter den Füßen wegzog. Statt zu mir zu kommen, warf er mir einen letzten enttäuschten Blick zu und folgte Finn. Ich hörte ihn seinen Namen rufen, dann waren sie um die Ecke verschwunden. Zurück blieben nur ich und mein gebrochenes Herz. Und Olivias hämisches Feixen.

»Das ist dann wohl nach hinten losgegangen«, erfreute sie sich an meinem Leid. Ich maß sie mit einem Blick voller Verachtung. Sie repräsentierte alles, was ich an einem Menschen hasste. Am liebsten hätte ich ihr die gefakten Extensions rausgerissen. Aber sie war es nicht wert, mir die Finger schmutzig zu machen. Ich begnügte mich mit einer verbalen Ohrfeige.

»Offensichtlich habe ich mir den falschen Chef ausgesucht«, spottete ich. »Ich hätte es dir nachmachen und Finn einen blasen sollen.«

Sie riss die Augen auf. Ihre Gesichtsfarbe wechselte im Sekundentakt von aschfahl zu hochrot. Ich gab nur ein Gerücht wieder, das ich aufgeschnappt hatte. Olivias Reaktion verriet mir allerdings alles, was ich wissen musste. Ohne auf ihre Antwort zu warten, stürmte ich an ihr vorbei aus der Küche, wobei ich ihr absichtlich den Ellbogen in die Seite stieß.

Meine Handtasche trug ich bei mir, und in meinem Büro befand sich nichts, was ich vermissen würde. Daher eilte ich direkt zum Aufzug, ignorierte die Gaffer und sah zu, dass ich meinen Arsch hier rausbekam. Raus aus der Firma, in der ich von Anfang an Fehl am Platz gewesen war.

Kapitel -22-

Adam

»Lass es mich erklären«, bat ich und eilte hinter Finn in sein Büro. Ich fühlte mich furchtbar, dass er es so erfahren hatte. Die ganze Situation war dermaßen verzwickt. Plötzlich sah ich meine Firma, alles, was ich mir in den letzten Jahren aufgebaut hatte, in Gefahr. Finn wirbelte mitten in der Bewegung herum.

»Dass ausgerechnet DU mit einer Angestellten schläfst. Ich dachte immer, dein moralischer Kompass sei unfehlbar.«

»Offensichtlich ist er das nicht«, gestand ich zähneknirschend. »Es … Ich wollte mit dir darüber reden, aber die Dinge haben sich sehr schnell entwickelt.«

»Eindeutig«, fuhr er mich an. »Wie lange ist sie hier? Drei Wochen? Und schon bringst du sie in dein Apartment und vögelst sie durch? Herrgott, Adam. So etwas Geschmackloses hätte ich dir nicht zugetraut.«

»Es tut mir leid, Finn. Ich habe mich gehen lassen. Aber glaub mir, es wird nicht noch mal vorkommen«, versicherte ich ihm. »Das mit Charlotte bleibt eine einmalige Sache.«

»Davon gehe ich aus«, erwiderte Finn streng. »Vor allem nachdem sie das Unternehmen verlassen wird.«

»Darüber müssen wir reden«, forderte ich ruhig. »Wir können ihr nicht einfach kündigen. Sie ist wegen der Stelle nach New York gezogen.«

Finn zuckte unbeeindruckt mit den Schultern. »Dann hätte sie den Platz nicht so leichtfertig aufs Spiel setzen sollen. Sie ist selbst schuld, dass es so gekommen ist.«

Ich fuhr mir mit der Hand durch die Haare und rieb mir die Stirn. Es musste eine Möglichkeit geben, dass Charlotte ihren Praktikumsplatz nicht verlor. »Wegen der Kündigung ...«, setzte ich an, doch Finn schnitt mir das Wort ab.

»Ich weiß, du willst sie in Schutz nehmen. Aber was heute passiert ist, hatte sie sich selbst zu verdanken. Ich bin bloß froh, dass du so schnell zur Vernunft gekommen bist.«

Der Gedanke, dass Charlotte für meinen Fehler bestraft wurde, gefiel mir nicht. Überhaupt nicht. Als ihr Vorgesetzter hätte ich mich anders verhalten müssen. Reifer. Ich war derjenige, der die Konsequenzen dafür tragen sollte, nicht sie.

»Hör zu, Adam«, fuhr Finn in einem versöhnlicheren Tonfall fort. »Ich verstehe, was dich an ihr gereizt hat. Sie ist ein hübsches Ding. Aber wenn unsere Kunden das mitbekommen hätten, käme das einer Katastrophe gleich. Dem Ansehen einer Firma tut es nicht gut, wenn ein Boss mit seiner Praktikantin schläft. Einer von euch musste gehen. Und da du CEO bist, hat es zwangsläufig sie getroffen. Sei froh, dass die Sache keine hohen Wellen geschlagen hat.«

Ich biss die Zähne zusammen und ballte vor Wut die Faust. Finn hatte es auf den Punkt gebracht. In der gesellschaftlichen Rangordnung stand ich über Charlotte. Allein aufgrund meiner Position im Unternehmen war ich wichtiger als sie. Vor ein paar Wochen hätte ich vermutlich genauso gedacht. Aber heute? Nachdem ich so viel Zeit mit Charlotte verbracht und erfahren hatte, was für ein wunderbarer Mensch sie war? Nein. So dachte ich längst nicht mehr. Sie mit in meine Wohnung zu nehmen, war meine Entscheidung gewesen. Daher sollte ich auch die Konsequenzen tragen. Gerade als ich den Mund zu einer Erwiderung öffnete, stockte ich und starrte Finn an. Dieser warf mir einen fragenden Blick zu.

»Was ist?«

»Was hast du da vorhin gesagt?«, wollte ich wissen.

»Dass die Sache keine hohen Wellen geschlagen hat?«

Ich schüttelte den Kopf und ging langsam auf ihn zu. »Nein.« Meine Stimme war ganz ruhig geworden. Bedrohlich leise beinahe. »Dass Charlotte kaum seit drei Wochen in der Stadt ist und ich sie schon in mein Apartment gezerrt habe.«

»Was soll damit sein?«, fragte Finn schulterzuckend und versuchte meinem bohrenden Blick standzuhalten.

»Woher wusstest du das? Woher wusstest du, dass wir in mein Apartment gegangen sind? Wir hätten uns überall sonst treffen können.«

Dieses Mal wich Finn mir eindeutig aus, als er antwortete.

»Ich habe geraten. Ich kenne dich gut genug, um zu wissen, dass du nicht in ein Hotel …«

»Sag mir die Wahrheit«, fuhr ich ihm scharf dazwischen, weil ich seine schlecht gelogenen Worte nicht ertragen konnte. Finn zuckte merklich zusammen, dann seufzte er geschlagen und sah mir in die Augen.

»Ich habe am Samstagabend eine Runde durch den Central Park gedreht«, gestand er schließlich. »Dabei habe ich euch gesehen. Ich wurde misstrauisch und bin euch gefolgt.«

Ungläubig starrte ich den Mann an, der seit fast zehn Jahren mein Freund war. Hatte ich mich so in ihm irren können?

»Ich meine, versetz dich in meine Lage«, rief Finn aufgebracht und warf die Arme über den Kopf. »So etwas hätte ich dir nie zugetraut. Auf einmal habe ich die ganze Firma in Gefahr gesehen. Was hätte ich deiner Meinung nach tun sollen?«

»Zuerst mit mir reden«, lautete meine simple Antwort. Gleichzeitig kam mir eine Erkenntnis. »Wieso Olivia? Wieso hast du es ausgerechnet ihr erzählt?«

Finn zuckte mit den Schultern. »Reiner Zufall. Von mir hat sie nichts erfahren. Glaub mir.«

»Dir glauben?«, fragte ich erstaunt über seine Dreistigkeit. »Ich sage dir, was ich glaube. Die Szene in der Küche war inszeniert. Du wolltest, dass wir genau in diesem Moment dazukommen. Warum sonst hättest du mich auffordern sollen, dich dorthin zu begleiten.«

»Weil ich mir einen Kaffee holen wollte«, rief Finn wütend. »Ist das etwa verboten?«

»Nein, aber merkwürdig für einen Mann, der sich seinen Kaffee seit Jahren von seiner Assistentin bringen lässt. Du wusstest, dass Olivia Charlotte mit der Sache konfrontieren würde, und wolltest, dass ich dabei bin, damit die Situation eskaliert und du sie rauswerfen kannst. Die Frage ist nur, warum?«

Ich musste nicht lange nachdenken. Plötzlich lag die Antwort auf der Hand.

»Weil du eine Affäre mit Olivia hast und willst, dass sie die Stelle bei uns bekommt, richtig? Und als du Charlotte und mich gesehen hast, wähntest du deinen perfekten Plan, dir eine willige Gespielin zuzulegen, in Gefahr.«

Finns gequälter Gesichtsausdruck verriet mir, dass ich mitten ins Schwarze getroffen hatte. Ich schüttelte fassungslos den Kopf.

»Ach, tu nicht so verwundert«, spie er mir verächtlich entgegen. »Du bist nicht der Typ für eine Affäre. Ich habe schon kommen sehen, wie du dich in sie verliebst und nur noch Augen für sie hast. Es wäre eine Ablenkung gewesen, die wir uns in der Firma nicht leisten können. Nicht im Moment.«

Ich war überrascht von mir selbst. Denn normalerweise hätte ich wütend, enttäuscht, zumindest aufgebracht sein müssen. Aber mit einem Schlag wich das alles von mir, und eine innere Ruhe blieb zurück, die ich der Klarheit zu verdanken hatte, die sich in diesem Moment einstellte.

»Du nimmst dir das Recht heraus, Entscheidungen über mein Leben zu treffen? Und besitzt die

Dreistigkeit, so zu tun, als sei es zu meinem Wohl? In Wirklichkeit wolltest du nicht riskieren, dass irgendwas mich davon ablenken könnte, deine Drecksarbeit zu machen. Denn dann müsstest du selbst mit anpacken und hättest weniger Zeit, dich zu vergnügen.«

»Dass du so von mir denkst, nach all den Jahren und allem, was meine Eltern und ich für dich getan haben.«

»Sei still«, donnerte ich und Finn sparte sich seine nächsten Worte. »Deine Eltern haben dank mir eine Menge Geld verdient. Ohne mich gäbe es keine Firma. Ich schulde euch nichts.«

Ich drehte mich um und ging zur Tür. Zum ersten Mal seit Jahren hatte ich wieder das Gefühl, die richtige Entscheidung zu treffen. So lange war ich blind gewesen. Erst Charlotte hatte mir die Augen geöffnet. Ich hatte nie dazugehört. Und würde es nie. Aber das wollte ich längst nicht mehr. Denn ich wusste ganz genau, an wessen Seite mein Platz war. Im Türrahmen drehte ich mich um und sah Finn ein letztes Mal an. Von nun an würden unsere Anwälte alles Nötige klären.

»Ich verlasse die Firma«, informierte ich ihn und schnitt seine Proteste mit einer Handbewegung ab.

»Selbstverständlich nehme ich alle meine Kunden mit.«

»Du machst einen großen Fehler«, rief Finn mir wütend hinterher. »Ich sorge dafür, dass du in diesem Business keinen Cent mehr verdienst.«

Ich ignorierte seine leeren Drohungen. Es gab wichtigere Dinge, um die ich mich kümmern musste. Mein größter Fehler an diesem Tag war es gewesen, Charlotte gehen zu lassen. Vorhin in der Küche hätte ich mich an ihre Seite stellen sollen. Nie hätte ich zulassen dürfen, dass eine Firma wichtiger erschien als sie. Ich wusste, dass ich sie im Gebäude nicht mehr finden würde. Im Gehen zog ich mein Handy aus der Sakkotasche und rief sie an. Mehrmals. Jedes Mal drückte sie mich weg. Als ich auf dem Weg zum Aufzug vor ihrem Büro stehen blieb, sah ich, dass sie nicht einmal die kleine Topfpflanze mitgenommen hatte. Auch ihr Kalender stand noch auf ihrem Schreibtisch. Mehr hatte sie nie mit hergebracht, und ich wusste, dass es bedeutete, dass Charlotte sich längst von *Parker&Scott* verabschiedet hatte. Vielleicht war sie nie richtig hier angekommen.

Ich würde zu ihrer Wohnung fahren. Denn wie an jenem Abend im Park in Brooklyn konnte ich nicht zulassen, dass Charlotte Summer einfach so aus meinem Leben verschwand.

Kapitel -23-

Adam

Ich wusste, dass Charlotte im dritten Stockwerk wohnte, da ihr Nachname auf der Klingel stand. Zwei Stufen auf einmal nehmend hastete ich die Treppe hinauf. Drei Haustüren lagen auf jeder Seite des Ganges. Einige hatten Namensschilder, andere nicht. Aber nirgends stand Summer.

»Fuck«, fluchte ich. Es war unmöglich, auf Anhieb die richtige Wohnung zu finden. Mir blieb nichts anderes übrig, als wahllos zu klingeln, bis ich zufällig Charlotte fand. Vorausgesetzt, dass sie mir überhaupt aufmachte.

Als ich an der ersten Tür läutete, drang lautes Hundegebell zu mir durch. Ich zuckte erschrocken zusammen, weil da drinnen eindeutig kein kleiner Chihuahua lebte, und ging schnell zur nächsten Haustür. Vielleicht hatte ich da mehr Glück. Nach zweimaligem Klingeln öffnete sich die Tür einen Spalt. Gerade so weit, wie es die Sicherungskette zuließ.

»Guten Tag, Sir. Bitte entschuldigen Sie die Störung«, sprach ich zu dem Paar Augen, das mich durch den Spalt hindurch ansah. Die buschigen Brauen hatten mich auf einen Mann tippen lassen. Ich hoffte, dass ich damit richtiglag. »Wissen Sie, in welcher Wohnung ich Charlotte Summer finde?«

Die Tür wurde ohne eine Antwort geschlossen.

»Nein, Sie wissen es nicht«, sagte ich mehr zu mir selbst als zu der verschlossenen Tür und versuchte es bei der nächsten. Der Hund von Nummer eins bellte immer noch, und ich war froh, dass dort niemand aufmachte.

Die Tür zur dritten Wohnung wurde geöffnet, kaum dass mein Finger die Klingel berührt hatte. Ich vergaß meine Begrüßung, als eine übermäßig geschminkte Frau mittleren Alters mir öffnete.

»Hallo, Schätzchen«, gurrte sie und ich machte einen Schritt zurück. »Wie kann ich dir helfen?«

»Ich … ich suche Charlotte Summer. Wissen Sie, welches ihre Wohnung ist? Sie muss auf diesem Stockwerk sein«, fand ich die Sprache wieder.

Die Frau lächelte, was vermutlich anzüglich wirken sollte, wodurch jedoch bloß die Lippenstiftreste auf ihren Zähnen offenbart wurden. Himmel, wo war ich bloß gelandet?

»Was, wenn ich dir sage, dass ich diejenige bin, die du suchst?«, fragte sie mit tiefer Stimme.

»Einen schönen Tag noch«, verabschiedete ich mich eilig.

»Wo willst du denn so schnell hin?«, rief sie, als hinter uns eine Haustür geöffnet wurde.

»Adam?«

Gott sei Dank.

»Charlotte«, sagte ich erleichtert und drehte mich zu ihr um. Hinter mir gab die Frau ein entrüstetes Schnaufen von sich, und ich hörte, wie die Tür ins Schloss fiel. »Endlich habe ich dich gefunden.«

»Was machst du hier?«

Sie hatte die Haare zu einem unordentlichen Zopf zusammengebunden, der ihr locker über die Schulter fiel. Ihre Bürokleidung hatte sie gegen einen schwarzen Jogginganzug eingetauscht. An ihren geröteten Augen konnte ich sehen, dass sie geweint hatte. Meinetwegen. Ich hasste mich dafür.

»Ich musste zu dir«, antwortete ich und ging einen Schritt auf sie zu. Charlotte wich zurück.

»Warum? Zwischen uns gibt es nichts mehr zu klären. Es wurde alles gesagt. Du hast deine Entscheidung bereits getroffen.«

Ihre Stimme war kalt und schneidend scharf wie ein Messer. Die Endgültigkeit ihrer Worte versetzte mir einen Stich. In diesem Moment spürte ich, dass ich diese Frau nicht verlieren durfte.

»Du hast recht, ich habe meine Entscheidung getroffen. Eine, die schon längst überfällig war«, sprach ich ruhig und ging auf sie zu. Irgendwann hörte sie auf, vor mir zurückzuweichen, und blieb stehen. Meine Hand fuhr zu ihrer, aber sie entzog sich mir und verschränkte die Arme vor der Brust.

»Ich habe keine Ahnung, wovon du redest«, sagte sie und wich meinem Blick aus. »Das Beste wäre, wenn du gehst.«

Ich nahm ihr Gesicht in meine Hände und zwang sie behutsam, mich anzusehen. »Ich gehe nirgendwohin, Charly. Ich bin genau da, wo ich hingehöre.«

Dann hauchte ich ihr einen sanften Kuss auf die Lippen. Ich sah die vielen Fragen, die ihr in diesem Moment kamen.

»Was ist mit deiner Firma?«, war die Erste, die es über ihren Mund schaffte.

»Ich steige aus. Meine Anwälte wissen schon Bescheid.«

Auf der Autofahrt hatte ich alles in die Wege geleitet. Ein Anruf genügte. Es gab kein Zurück mehr.

»Und Finn?«, fragte Charlotte.

»Ein Arschloch«, antwortete ich schlicht. »Ich habe es nur zu spät erkannt.«

Ich merkte, wie sich Hoffnung in ihren Blick stahl; noch wehrte sie sich dagegen.

»Du hast nicht zu mir gestanden. Du bist Finn hinterhergerannt, statt dich auf meine Seite zu stellen.« Ihre Augen schwammen in Tränen, und ich verstand, wie sehr ich sie damit verletzt hatte.

»Diesen Fehler werde ich nicht noch einmal begehen, das verspreche ich dir«, sagte ich aufrichtig und suchte ihren Blick, damit sie begriff, wie ernst es mir damit war. »Von heute an werde ich immer auf deiner Seite sein.«

»Ich verstehe das nicht. Gestern wolltest du es noch geheim halten und …«

Ich unterbrach sie sanft. »Dich verstecken zu wollen, war der größte Fehler von allen. Ich hätte von Anfang an auf mein Herz hören und aufs Ganze gehen sollen. Die Angst um meine Firma hat mich davon abgehalten, dir von Beginn an all das zu versprechen, was du verdienst. Ich weiß, dass ich lange gebraucht habe, um das zu kapieren. Aber bitte glaube mir, wenn ich dir sage, dass du mir die Augen geöffnet und mir gezeigt hast, was im Leben wichtig ist. Ich werde nie wieder vergessen, was für mich zählt. Denn das bist du, Charly.«

Einzelne Tränen liefen über ihre Wange und versiegten in meinen Fingern.

»Adam, ich weiß nicht, was ich sagen soll«, flüsterte sie leise. Verzweifelt. Ich hatte ihr Vertrauen gebrochen. Vielleicht auch ihr Herz. Und eventuell würde ich es nie gutmachen können. Aber ich wollte es verdammt noch mal versuchen.

»Gib mir eine Chance«, bat ich. »Lass mich dir zeigen, dass ich es besser kann. Ich weiß, dass wir zusammen glücklich werden können. Ich spüre es jedes Mal, wenn ich dich sehe.«

»O Adam«, schluchzte sie und fiel mir um den Hals. Erleichtert atmete ich den Duft ihres Haars ein und drückte sie mit aller Kraft an mich. Ich wollte sie nie mehr loslassen.

»Heißt das, du verzeihst mir?«, fragte ich voller Angst, sie zu verlieren.

Charlotte sah mich an aus ihren tränennassen großen Augen. »Ich habe dir längst verziehen«, flüsterte sie. Dann küsste sie mich. Voller Liebe und Leidenschaft. Die Art, auf die man jemanden küsste, wenn man wusste, dass er von nun an zu einem gehörte. In diesem Moment schwor ich mir, alles zu tun, um das nicht zu verlieren. Um Charlotte glücklich zu machen und die Zukunft zu bekommen, die ich mit ihr haben konnte.

***

Charly

Lange standen wir da, die Arme umeinandergeschlungen, und genossen die Wärme, die vom Körper des anderen ausging. Ich wollte jede Sekunde mit Adam auskosten. Diesen Moment würdigen, denn es war der Anfang unserer Geschichte. Aber irgendwann muss man selbst die schönste Seifenblase platzen lassen und sich der Realität stellen. Wehmütig löste ich mich aus Adams Armen und sah ihn an.

»Ich habe meinen Praktikumsplatz verloren«, flüsterte ich traurig. »Und du deine Firma. Meinetwegen.«

»Hey«, sagte er sanft und umfasste mein Gesicht mit beiden Händen. »Nichts ist verloren. Wir fangen gemeinsam neu an. Ich gründe meine eigene Firma. In ein paar Monaten ist der Papierkram erledigt, dann können wir eröffnen. Und du kannst bei mir arbeiten. Vergiss das Praktikum. Du fängst gleich Vollzeit an.«

Allein, dass er ein solches Angebot machte, rührte mich zutiefst. Es zeigte mir, wie ernst ihm sein Versprechen war, dass er immer an meiner Seite sein würde. Aber wollte ich das? Einen Job, den mir mein Freund beschafft hatte? Eine Vollzeitstelle als Unternehmensberaterin?

Ich fühlte mich dumm. War ich doch den weiten Weg aus Chicago nach New York gezogen, um dieses Ziel zu erreichen. Nur deswegen hatte ich Wirtschaft studiert. Nur deswegen hatte ich meine Mom zurückgelassen. Wie viele Jahre hatte ich darauf hingearbeitet?

All das, um Adams Angebot letztendlich abzulehnen.

»Ich weiß dein Angebot zu schätzen«, begann ich leise. »Aber ich kann es nicht annehmen.«

Adam sah mich verwirrt an. »Warum nicht?«, fragte er überrascht.

Wie sollte ich ihm etwas erklären, was mir selbst erst heute bewusst geworden war? Wo ich es doch kaum schaffte, mein Gefühlschaos zu ordnen.

»Die letzten Wochen haben mir die Augen geöffnet«, setzte ich zu einer Erklärung an und zog Adam mit mir zum Sofa, wo wir uns nebeneinander hinsetzten. Ich ließ den Blick aus dem Fenster gleiten, während ich weitersprach. »Wenn ich ehrlich zu mir bin, wusste ich von meinem ersten Tag bei *Parker&Scott* an, dass ich fehl am Platz bin. Zuerst war es nur ein Bauchgefühl. Aber mit der Zeit habe ich erkannt, dass ich in diesem Beruf nicht glücklich werden kann.«

Ich schwieg und gab Adam den Raum, mir seine Enttäuschung zu zeigen, aber er wirkte nicht wütend, bloß aufrichtig interessiert. Also redete ich weiter.

»Früher dachte ich, dass es nicht wichtig ist, ob ein Job mich glücklich macht oder nicht. Ich wollte einfach viel Geld verdienen, damit ich meine Mom unterstützen kann. Aber …« Ich zögerte. »Ein Monat hat gereicht, um mir zu zeigen, wie wenig ich damit klarkomme.«

Wenn ich ehrlich war, hatte ich meine glücklichsten Momente im *Wild Lady* erlebt. Auf der Bühne, wenn ich tanzte, oder im Trainingsraum. Oder mit Cash, einer Kollegin, mit der ich auf einer Wellenlänge war.

Der ständige Konkurrenzkampf bei dem Praktikum, mit Menschen wie Olivia, Finn und Nicolas zu tun haben zu müssen, nett zu sein, wenn es sich um Kunden handelte, egal wie sie sich benahmen, hatte mir das Gefühl gegeben, mich ständig verstellen zu müssen. Und das konnte ich mir nicht mein Leben lang antun.

Sosehr ich mich auch dafür hasste, dass ich meine Mutter so im Stich ließ.

So ruhig wie möglich erklärte ich Adam meine Empfindungen. Versuchte es ihm begreiflich zu machen. Aber obwohl wir einander erst so kurz kannten, wusste Adam bereits mehr über mich, als ich vermutet hätte.

»Glücklich und befreit hast du immer nur auf der Bühne gewirkt«, gestand er, und wir beide wussten, dass es jene Momente waren, die sich ihm ins Gedächtnis gebrannt hatten. Nicht unser Kennenlernen im Büro. Ich war Tänzerin. Keine Unternehmensberaterin.

»Was willst du stattdessen machen?«, fragte Adam eine Frage, nach deren Antwort ich zunächst noch suchen musste.

»Ich will mit offenen Karten spielen«, sagte ich das eine, was ich bereits jetzt mit Sicherheit wusste. »Weder meine Freundinnen noch meine Mutter länger belügen.«

Adam nickte zustimmend, aber in seinen Augen lagen unausgesprochene Worte.

»Ich werde nicht ewig im *Wild Lady* arbeiten«, brachte ich das Gespräch auf das Thema, das ihn beschäftigen musste. Welcher Mann wollte schon, dass seine Frau halb nackt vor Fremden tanzte?

»Das gefällt dir nicht, ich weiß«, fuhr ich hektisch fort, bevor er etwas sagen und meine Idee zerschießen konnte. »Aber ich will finanziell von niemandem abhängig sein. Außerdem kann ich meine Mom dann eine Weile weiter unterstützen und mir in Ruhe überlegen, wie es weitergehen soll.«

Adam erhob sich vom Sofa und ging im Zimmer auf und ab. Die Arme auf dem Rücken verschränkt und mit nachdenklichem Blick.

Er könnte gehen. Hier und jetzt. Ich spielte mit offenen Karten und gab ihm die Möglichkeit, sich zurückzuziehen, bevor es ernst wurde. Aber wenn wir unsere Zukunft gemeinsam angehen wollten, dann mussten wir an einem Strang ziehen. Auch wenn der Beruf, den ich ausübte, Adam nicht gefiel.

Ich würde nicht für immer an der Stange tanzen. Aber vorerst war es mir lieber, als Adam auf der Tasche zu liegen. Auch wenn er genug Geld hatte, wollte ich unsere frische Beziehung nicht mit so etwas belasten.

»Also gut«, beendete Adam schließlich sein Schweigen und seinen Marsch durch unser Wohnzimmer. »Es gefällt mir nicht, aber bis du weißt, wie es weitergeht, akzeptiere ich es. Unter einer Bedingung.«

Ich horchte auf, gespannt, was er von mir verlangen würde und ob ich es ihm zugestehen konnte.

»Sobald du weißt, was du beruflich machen möchtest, erlaubst du mir, dich so weit zu unterstützen, wie es meine Möglichkeiten zulassen.«

Ich atmete erleichtert aus. Damit konnte ich leben.

»Abgemacht«, sagte ich lächelnd, rannte zu ihm und fiel ihm um den Hals. »Du bist großartig«, murmelte ich an seine Brust gelehnt, denn nicht jeder Mann hätte akzeptiert, was Adam akzeptierte.

Die kommenden Monate würden kein Zuckerschlecken werden und vermutlich hatten wir als Pärchen nicht den einfachsten Start. Aber gemeinsam, das wusste ich, würden wir das schaffen.

-Epilog-

Charly

»Wer hätte gedacht, dass der erste Tag in unserem neuen Leben damit beginnt, dass wir ein Dutzend Spiegel putzen müssen«, maulte Cash und brachte mich damit zum Lachen. Mittlerweile kannte ich sie gut genug, um zu wissen, dass sich hinter ihrer Beschwerde nur Nervosität verbarg.

Heute war ein großer Tag für uns beide.

Wie ich es befürchtet hatte, waren die letzten Monate nicht leicht gewesen. Ich hatte an sechs Abenden pro Woche im *Wild Lady* getanzt, um genug Startkapital zusammenzukratzen. Währenddessen war Adam damit beschäftigt gewesen, seine neue Firma aufzubauen und Finns Klagen abzuwehren. Und er klagte viel. Oft sahen wir uns nur während meiner Auftritte und in der kostbaren Zeit danach. Dass ich mein Geld mit Tanzen verdiente, war kein so großes Problem, wie ich erwartet hatte. Adam sah mir jeden Abend zu, vergewisserte sich, dass es mir gut ging, und fand seine Freude daran, mir nach meinen Auftritten zu zeigen, zu wem ich gehörte.

Die Funken zwischen uns sprühten heftiger als je zuvor. Und ich war glücklich. Auch, weil ich endlich nicht mehr lügen musste. Cos und Jane wussten von meinem Job. Ab und zu kamen sie vorbei und sahen sich einen Auftritt an oder schnatterten mit Cash an der Bar, die sich nahtlos in unsere Clique eingefügt hatte. Ich war offensichtlich nicht die Einzige, die ihrer ehrlichen und humorvollen Art verfallen war. Cos und Jane kriegten gar nicht genug von Cash.

Was meine Mom anging, war die Sache schwieriger. Sie war mir nicht böse, dass ich das Praktikum verloren und mich nach meinem Studium doch für einen anderen Weg entschieden hatte. Sie wollte nicht, dass ich mich ein Leben lang für sie verantwortlich fühlte. Obwohl ich nach wie vor versuchte, sie bestmöglich zu unterstützen, bestand sie darauf, dass ich meinen eigenen Träumen nachjagte. *Parker&Scott* war von Anfang an nicht der richtige Weg für mich gewesen, denn ich hatte ihn aus den falschen Gründen heraus beschritten.

Was die Tatsache anging, dass ich sie jahrelang belogen hatte, verzieh sie mir nicht so leicht. Jane und Cos hatten trotz allem verständnisvoll reagiert und konnten meine Gründe nachvollziehen. Aber Mom, sie war sauer. Und ich konnte es ihr nicht verübeln. Wir telefonierten beinahe täglich, aber ich spürte, dass ich das Vertrauen, das zwischen uns war, beschädigt hatte. Gleichzeitig gab Mom sich die Schuld dafür, dass ihre Tochter in jungen Jahren einen solchen Weg eingeschlagen hatte. Es war ein harter Knochen, an dem sie lange zu kauen haben würde.

Aber sie war meine Mutter. Sie liebte mich, und ich wusste, dass sie mir verzeihen würde. Zumal ich sie nie wieder belügen wollte. Denn sie ohne Einschränkungen an meinem Leben teilhaben lassen zu können, war etwas, was ich nie wieder missen wollte.

Umso mehr freute ich mich, dass sie an diesem Wochenende nach New York kommen würde, um bei der Eröffnung dabei zu sein.

»Erde an Charly«, riss Cash mich aus meinen Grübeleien und ich wandte mich ihr verträumt lächelnd zu.

Wenn ich mich in unserem Tanzstudio umsah, hatten sich die letzten Monate voll harter Arbeit definitiv gelohnt.

»Wann kommt der Caterer mit dem Essen?«, wollte Cash wissen und verstaute den Glasreiniger, da mittlerweile alle Spiegel glänzten.

»Um zwölf«, antwortete ich und inspizierte unseren großen Trainingsraum ein letztes Mal. Die acht Poles waren alle fest in der Wand und im Boden verankert. In einer Ecke lagen fein säuberlich gestapelte Yogamatten und an der Wand hing der Kursplan mit den Terminen für die jeweiligen Choreo- und

Figurenstunden. Wenn ich daran dachte, dass hier bald Frauen jeden Alters trainieren und lernen würden, bekam ich Gänsehaut.

Cash kam zu mir und legte mir einen Arm um die Schultern, damit wir unser Werk gemeinsam betrachten konnten.

»Wahnsinn. Ich kann nicht glauben, dass wir unser eigenes Tanzstudio eröffnen«, stieß sie lachend hervor und ich stimmte mit ein. »Danke, dass du mich gefragt hast, ob ich dabei bin.«

»Danke, dass du Ja gesagt hast«, erwiderte ich und wir fielen einander um den Hals.

Ich hatte schnell erkannt, dass Cash die perfekte Geschäftspartnerin für mich war. Als ich ihr von meiner Idee erzählt hatte, dass wir unser Geld mit Unterrichten verdienen konnten, war sie sofort Feuer und Flamme gewesen. Kurz darauf stand unser Businessplan. Wir hatten beide ein wenig Geld zusammengespart, das wir als Startkapital verwenden konnten. Den Rest gab uns die Bank, denn Poledance war gerade ein boomendes Geschäft.

In den letzten sechs Monaten hatten Cash und ich tagsüber außerdem Kurse belegt und Weiterbildungen gemacht. Somit konnten wir in unserem Studio mehr als bloß Poledance anbieten. Es würde ebenfalls Yogakurse, Dance-Fitness, Pilates, Zumba und Aerial-Hoop-Kurse geben.

Außerdem bot der Vermieter uns die Möglichkeit, die Räumlichkeiten nebenan ebenfalls zu mieten. Der derzeitige Mietvertrag lief in acht Monaten aus. Wenn es bis dahin gut lief, würden wir unser Angebot erweitern.

Am meisten freuten mich jedoch unsere Kurse für Kinder. Ballett, Hip-Hop und Poledance für die Kleinen. Es erinnerte mich an die schönste Zeit meiner Kindheit, und auch wenn ich selbst zu alt war, um es noch an den Broadway zu schaffen, konnte ich so anderen kleinen Mädchen und Jungs die Chance geben.

In diesem Moment klingelte es an der Tür. Als ich sie öffnete, stand Adam mit einer riesigen Schachtel aus der Konditorei vor mir.

»Euer Eröffnungskuchen wiegt eine halbe Tonne«, teilte er uns ächzend mit und stellte die Schachtel auf dem Tisch im Eingangsbereich ab, um beide Arme für eine Begrüßung frei zu haben. Er zog mich für einen leidenschaftlichen Kuss an sich, was Cash ein: »Sucht euch ein Zimmer«, entlockte.

Ich kicherte und schmiegte mich an Adam. »Wie lief dein Termin?«, fragte ich. Heute hatte er eine Telefonkonferenz mit den Kunden aus Texas geführt.

Wie viele andere auch wollten sie Finns Unternehmensberatung verlassen, um mit Adam zusammenzuarbeiten. Endlich zahlte es sich aus, dass er all die Jahre den Löwenanteil der Arbeit verrichtet hatte.

»Sehr gut«, antwortete er. »Morgen lasse ich die Verträge aufsetzen. Aber heute geht es nicht um mich. Wie fühlst du dich? Bist du bereit?«

»Ja«, sagte ich entschlossen und ohne zu zögern. »Ich bin so was von bereit.«

In zwei Stunden würden wir unsere Türen für die ersten Interessenten öffnen. Wochenlang hatten wir Flyer für unsere Eröffnungsparty verteilt und immer mehr Zusagen bekommen. Den ganzen Tag über wäre die Bude voll mit Frauen, Mädchen, Müttern und Männern, die an unserem Kursangebot interessiert waren. Ich freute mich auf die Schnupperkurse, die wir zum Kennenlernen anboten, und hoffte, dass viele von ihnen gleich heute eine Mitgliedschaft unterschreiben würden.

In weniger als einer Stunde würde der Flieger meiner Mom landen. Dass sie Adam kennenlernte und an diesem Tag an meiner Seite war, bedeutete mir viel.

Auch wenn ich wusste, dass die nächsten Monate sehr arbeitsintensiv werden würden, wünschte ich mir keine Sekunde, dass es anders wäre. Denn ich hatte den wundervollsten Mann an meiner Seite, die besten Freundinnen, eine Geschäftspartnerin, mit der ich durch dick und dünn gehen konnte, und eine Mutter, die mich mehr als alles andere liebte.

Und endlich, nach all den Jahren, lebte ich meinen Traum und machte etwas, was mit Tanzen zu tun hatte.

Ich fühlte mich mir selbst näher als jemals zuvor. Und ich wusste, dass ich das zu einem großen Teil auch Adam zu verdanken hatte. In den letzten Wochen hatte er mich, wie es unsere Abmachung gewesen war, bei der Gründung von unserem Tanzstudio unterstützt. Wenn es nach ihm gegangen wäre, hätte er uns auch das Geld geliehen, aber darauf hatten Cash und ich verzichtet. Stattdessen ließen wir uns von ihm bei der Erstellung des Businessplans helfen. Außerdem konnte Adam uns bei Themen wie Brandschutz und Behördengängen zur Seite stehen. Ohne ihn hätten wir es nicht geschafft, uns durch den Dschungel an Vorschriften zu kämpfen.

»Danke, dass du das möglich gemacht hast«, raunte ich und stellte mich auf die Zehenspitzen, um seine Lippen mit einem Kuss zu versiegeln. »Ich weiß nicht, womit ich das verdient habe.«

»Charlotte Summer«, sagte Adam ernst. »Du verdienst das und noch viel mehr. Weil du mein Leben jeden Tag ein Stückchen schöner machst. Ich liebe dich.«

Wie immer, wenn Adam die drei magischen Worte sagte, veranstalteten die Schmetterlinge in meinem Bauch Purzelbäume. An der Wirkung, die er auf mich hatte, hatte sich nichts verändert. Adam Scott war und blieb der Mann, der mein Herz höher schlagen ließ.

»Ich liebe dich auch«, flüsterte ich und hielt ihn, so fest ich konnte. Nach sieben Monaten in New York hatte ich endlich das Gefühl, in meinem Leben angekommen zu sein. Und jetzt konnte ich nicht erwarten, herauszufinden, was es noch für mich bereithielt.

-Ende-

-Danksagung-

New York. Eine Stadt, die mich magisch anzieht und so viele Möglichkeiten für einen Roman bietet. Schwindelerregend hohe Skylines, attraktive Geschäftsmänner und Menschen aus aller Welt. Die unterschiedlichsten Personen kommen zusammen, jeder bringt andere Träume und Hoffnungen mit sich.

Die Stadt, die niemals schläft, schien mir wie geschaffen für einen Neuanfang, denn sie bietet ebenso viele Chance, wie Hindernisse. Daher konnte es keinen besseren Schauplatz für meine Romanreihe, die *New York Gentleman*, geben.

Drei Freundinnen ziehen gemeinsam nach New York. Drei junge Frauen, die unterschiedlicher nicht sein könnten. Dort erleben sie das Abenteuer ihres Lebens. Sie verlieben sich.

Und obwohl die äußeren Umstände meinen Protagonistinnen ihren Neustart ohnehin schon erschwert haben, wollte ich noch eine Schippe obendrauf setzen. Ich wollte wissen, was passiert, wenn ich sie Männern begegnen lasse, die das genaue Gegenteil von ihnen sind. Männer, die sie unter normalen Umständen nie kennengelernt hätten, gäbe es da nicht diese neugierige Autorin, die sie dazu zwingt.

Die Antwort sind drei großartige, amüsante und spannende Romane geworden. Über Liebe, Freundschaft, Gegensätze, die sich anziehen und darüber, dass der richtige Weg auch mal über Umwege führen kann.

Wer ebenso wie ich, nicht genug von den *New York Gentleman* bekommen kann, der darf sich auf den Sommer 2020 freuen. Denn Cosimas und Janes Geschichten stehen bereits in den Startlöchern und warten nur darauf, gelesen zu werden. Genauere Infos zu den Erscheinungsterminen folgen wie immer über Instagram, oder über meinen Newsletter.

Und nun möchte ich mich bei allen bedanken, die bis hierher gelesen haben. Danke, dass ihr meine Charaktere zum Leben erweckt, indem ihr ihnen eure Zeit und einen Platz in euren Gedanken schenkt. Danke, dass ihr mir ermöglicht, Autorin zu sein, und meine Zeit zu nutzen, um weitere Geschichten für euch zu schreiben. Auf diesen Traum habe ich lange hingearbeitet und er wäre nicht möglich, ohne meine Leserinnen und Leser, die meine Bücher kaufen, lieben, rezensieren und weiterempfehlen.

Außerdem möchte ich mich bei jedem bedanken, der mir im Laufe der Zeit eine Nachricht hat zukommen lassen. Eure Mails, Kommentare, Rezensionen und Nachrichten schenken mir die nötige Motivation, die ich brauche, um es durch stressige Zeiten zu schaffen. Ihr glaubt gar nicht, wie wertvoll das ist!

Zum Schluss möchte ich mich bei allen bedanken, die dieses Buch möglich gemacht haben. Bei meiner tollen Lektorin Regina, die mir hilft, das beste aus jeder Geschichte rauszuholen. Meine begabte Coverdesignerin Andrea, die meine Bücher mit solch schönen Gewändern einkleidet. Meine Testleserin Lorena, die darauf achtet, dass meine Leserinnen das pure Lesevergnügen bekommen. Und zum Schluss meine Autorenkolleginnen, die mir mit Tipps und Motivation zur Seite stehen.

Man sagt, Schreiben sei ein einsamer Beruf. Aber dank all dieser Menschen, fühle ich mich gut aufgehoben und in bester Gesellschaft.

Danke!

-Newsletter-

Du möchtest immer auf dem Laufenden sei und keine meiner zukünftigen Veröffentlichungen verpassen? Dann trage dich unter www.leanderrose.de für meinen Newsletter ein und gehöre zu den Ersten, die Neuigkeiten zu meinen Büchern erfahren.

Zusätzlich findest du mich hier:

Instagram:

http://www.instagram.com/leander_rose/

Ich freue mich von dir zu hören!

Impressum

Leander Rose c/o
Papyrus Autoren-Club
R.O.M. Logicware GmbH
Pettenkoferstr. 16-18
10247 Berlin

Alle in diesem Buch geschilderten Personen sind frei erfunden. Ähnlichkeiten mit lebenden oder verstorbenen Personen, Geschäftseinrichtungen, Ereignissen oder Schauplätzen wären zufällig und nicht beabsichtigt.

Coverdesign: VercoDesigns, Unna
Lektorat: Regina Meissner
(www.semikolonundco.de)
Korrektorat: Sybille Weingrill

Lesen Sie auch weitere Bücher der Autorin!

Bad Boss Behaviour: Liebesroman

„Lass uns ein paar Dinge klarstellen:
Für diesen einen Monat gehörst du mir.
Du tust, was ich sage.
Dein Privatleben interessiert mich nicht, also erspare mir Details.
Und eins noch. Verlieb dich bloß nicht in mich. Niemals.
Denn ich werde dich vergessen, sobald du deinen letzten Scheck abgeholt hast und aus meinem Büro verschwindest."

Alison

Wenn man bis zum Hals in der Scheiße steckt, tut man so einiges, um den Kopf oben zu halten. Dabei bin ich tiefer gesunken, als ich es jemals für möglich gehalten hätte. Direkt in seine Arme.
Er hätte mir helfen können, stattdessen macht er mir ein Angebot, das ich nicht ablehnen kann. So sehr ich es auch will.
Jetzt behandelt er mich wie sein Eigentum und ich merke erst langsam, wie hoch der Preis ist, den ich zahle. Alles an ihm spricht von Perfektion. Nur seine Augen… seine Augen versprechen Gefahr.

Pretty Woman meets Bad Boss. Ein modernes Märchen mitten im Großstadtdschungel von New York, das in sich abgeschlossen ist und explizite Liebesszenen enthält.

Bei Amazon als eBook und Taschenbuch erhältlich.

Kostenlos für Kindle-Unlimited Leser

Bad Millionaire Desire

Lass uns ein paar Dinge klarstellen:
Dein Leben liegt in meiner Hand.
Du tust, was ich sage.
Keine Fragen. Keine Widerworte. Keine Gefühle.
Vergiss nie, du bist nur ein Druckmittel für mich, weiter nichts.
Also halte dich an die Regeln und stelle meine Geduld nicht auf die Probe.

May:

Wenn das Leben dich in die Ecke drängt, tust du so einiges, um dich zu retten. Dabei bin ich in einen tieferen Abgrund gefallen, als ich es für möglich gehalten hätte - direkt in Rivers Arme.
Ich dachte, er würde mir helfen. Stattdessen benutzt er mich für seine eigene Rache und setzt damit unser beider Leben auf´s Spiel. Er behandelt mich wie seine Gefangene und alles in mir schreit, dass ich ihn fürchten sollte. Doch seine Augen… seine Augen locken mich näher.

Bad Millionaire trifft auf die ultimative Versuchung. Ein neues modernes Märchen mitten im Großstadtdschungel von New York, voller Gefahren, Spannung und expliziter Liebesszenen, das in sich abgeschlossen ist.

Bei Amazon als eBook und Taschenbuch erhältlich.
Kostenlos für Kindle-Unlimited Leser

Tauchen Sie ein in die Welt der Los-Angeles Lovestorys, wo Freundschaft, Humor und große Gefühle auf Sie warten.

Falling for Ewa: Liebesroman

Band 1

Sonne, Strand, Meer und ein Job im schönsten Café von Los-Angeles – die besten Voraussetzungen für einen Neuanfang.

Das dachte sich auch Ewa, als sie ihrem alten Leben den Rücken kehrte und einen Sprung ins Ungewisse wagte. Nur ist Ewa nie wirklich abgesprungen. Ihr Alltag in der neuen Stadt ist perfekt strukturiert. Für Spontanität ist kein Platz. Nur so fühlt sie sich sicher. Und doch wird sie den Verdacht nicht los, dass sie sich immer weiter von ihren Träumen entfernt.

Bis der Zufall ihr den attraktiven Cop Jackson vor die Füße wirft. Er zeigt Ewa, wie befreiend es sein kann, einfach die Augen zu schließen und sich fallen zu lassen. Aber wird er auch derjenige sein, der sie auffängt?

Denn als plötzlich Ewa´s bester Freund Matt zu seinen Gefühlen für sie steht, ist das Chaos in ihrem Leben komplett.

Bei Amazon als eBook und Taschenbuch erhältlich.
Kostenlos für Kindle-Unlimited Leser

Printed in Poland
by Amazon Fulfillment
Poland Sp. z o.o., Wrocław

22931356R00161